MW01644806

Η ΒΟΣΚΟΠΟΥΛΑ ΜΕ ΤΑ ΜΑΡΓΑΡΙΤΑΡΙΑ
ΚΑΙ ΑΛΛΕΣ ΜΙΚΡΕΣ ΙΣΤΟΡΙΕΣ

ΠΑΥΛΟΥ
ΝΙΡΒΑΝΑ

ΠΕΡΙΕΧΟΜΕΝΑ

Η ΒΟΣΚΟΠΟΥΛΑ ΜΕ ΤΑ ΜΑΡΓΑΡΙΤΑΡΙΑ 1
ΤΟ ΒΑΣΙΛΟΠΟΥΛΟ ΠΟΥ ΧΑΜΟΓΕΛΟΥΣΕ 12
ΤΟ ΑΓΑΠΗΜΕΝΟ ΑΝΤΡΟΓΥΝΟ 14
Ο ΓΑΜΟΣ ΤΗΣ ΠΕΝΤΑΜΟΡΦΗΣ 15
Η ΕΚΔΙΚΗΣΗ ΤΟΥ ΚΑΜΠΟΥΡΗ 16
ΨΕΥΤΡΑ ΑΓΑΠΗ 18
Η ΠΟΛΙΤΕΙΑ ΤΗΣ ΣΙΩΠΗΣ 21
Η ΣΤΕΡΝΗ ΑΓΑΠΗ ΤΗΣ ΔΡΟΣΟΥΛΑΣ 25
Η ΚΑΡΔΙΑ ΤΗΣ ΚΟΥΚΛΑΣ 28
Ο ΚΑΜΠΟΥΡΗΣ 34
Η ΑΓΑΠΗ ΤΟΥ ΣΚΙΑΧΤΡΟΥ 36
Ο ΑΝΘΡΩΠΙΝΟΣ ΠΟΝΟΣ 38
Ο ΠΡΟΦΗΤΗΣ 40
ΟΙ ΜΕΝΕΞΕΔΕΣ 43
ΤΟ ΔΡΟΜΑΛΑΚΙ ΤΗΞ ΕΥΤΥΧΙΑΣ 45
ΤΑ ΜΑΤΙΑ ΤΟΥ ΤΥΦΛΟΥ 49
ΟΜΟΡΦΟΣ ΚΟΣΜΟΣ 52
ΤΟ ΦΙΛΙ 54
ΤΟ ΑΤΕΛΕΙΩΤΟ ΠΑΡΑΜΥΘΙ 56
- I 56
- II 58
- III 65

Ο ΠΛΟΥΣΙΟΣ, Ο ΦΤΩΧΟΣ ΚΑΙ Ο ΦΙΛΟΣΟΦΟΣ 66
ΣΤΙΣ ΟΧΘΕΣ ΤΟΥ ΠΟΤΑΜΟΥ 67

Η ΒΟΣΚΟΠΟΥΛΑ ΜΕ ΤΑ ΜΑΡΓΑΡΙΤΑΡΙΑ

Έχουνε να πουν πως όλα τα παραμύθια είναι ιστορίες αληθινές, που γινήκανε μια φορά κ' έναν καιρό στα παλιά τα χρόνια. Είναι πολλές απ' αυτές που κανένας δεν τις θυμάται, γιατί από στόμα σε στόμα σβυστήκανε και χάθηκαν. Κ' εκείνοι που ανιστορούν καινούργια παραμύθια, που κανένας δεν τάχει ακουσμένα, δεν τα γεννούν απ' το κεφάλι τους, ούτε κανένας τους τάχει ειπωμένα απ' τους τωρινούς. Γι' αυτό έχουνε να πουν πως οι παλιοί ανθρώποι, που χρόνια τώρα τους έχει φαγωμένα το χώμα, και που μια φορά κ' έναν καιρό περάσανε στον απάνω κόσμο μεγάλα βάσανα και πάθη, σε αγάπες, σ' έχθρητες και σε πολέμους, θέλοντας να μη ξεχασθούν τα βάσανά τους, ξαναγυρίζουνε στον κόσμο και ανιστορούνε τη ζωή τους στους αλαφροΐσκιωτους ανθρώπους.

Έτσι κανένας μέσα στον ύπνο του ή μέσα στο κατάχνιασμά του ακούει μιαν ιστορία παλαιική και σαν ερθή στον εαυτό του, θαρρεί πως έχει ακουσμένα κάποιο παραμύθι και το χαίρεται μονάχος του και το ξαναλέει και στους άλλους. Έτσι έχω ακουσμένα κ' εγώ τούτο το παραμύθι, ξαπλωμένος στον ήσκιο μιας καρυδιάς, μέσα στην άψη του Θεριστή. Είναι το Παραμύθι της Βοσκοπούλας με τα Μαργαριτάρια.

***

Στα μέρη τούτα τα δικά μας ήτανε μια φορά ένα βασίλειο. Κι' ο βασιλιάς ο γέρος είχ' ένα μονάκριβο παιδί, που τ' αγαπούσε πιο πολύ κι' απ' την κορώνα του. Και η γρηά η βασίλισσα, που είχε τα μεγαλύτερα μαργαριτάρια που βρίσκονται στη γη, το λάτρευε περισσότερο απ' τους θησαυρούς της και νανουρίζοντάς το σαν ήτανε μικρό στην κούνια τη χρυσή του, άπλωνε στο κορμάκι του τα μαργαριτάρια της και τούλεγε: "Σα μεγαλώσης με το καλό και πάρης την κορώνα του πατέρα σου και πάρης και βασιλοπούλα όμορφη γυναίκα στο πλευρό σου, δικά σου είναι τα πλούτη κ' οι θησαυροί μου, και τούτα τα μαργαριτάρια, που δε βρίσκονται παρόμοια στη γη, θαστράψουν πάλι σε χαρές και ξεφαντώματα στον άσπρο το λαιμό της νέας βασίλισσας". Κι' άπλωνε τα μαργαριτάρια στο κορμάκι του και το νανούριζε γλυκά. Και τα χοντρά μαργαριτάρια, μες στην κούνια τη χρυσή, μοιάζανε σα μεγάλα δάκρυα.

Σα μεγάλωσε το βασιλόπουλο κ' έγινε όμορφο παλικάρι, όλες

οι χάρες το στολίσανε με τα χαρίσματά τους. Το μονάκριβο το βασιλόπουλο ήτανε κι' ο πρώτος ο λεβέντης στο βασίλειο. Οι χάρες του ακουστήκανε ως τα πιο μάκρυνα βασίλεια και πλούσιοι βασιλιάδες, από στεριά και θάλασσα, στέλνανε προξενιές στο γέρο βασιλιά για το χαριτωμένο τον υγυιό του. Μα το βασιλόπουλο δεν έβαλε ποτέ αγάπη με το νου του, τα μάτια του ποτέ δεν τάρριξε απάνω σε κοπέλλα κ' έλειπε πάντ' από τα πανηγύρια και τα ξεφαντώματα του παλατιού. Ο γέρος ο βασιλιάς και η γρηά η βασίλισσα τόχανε μαράζι στην καρδιά τους. Μα το βασιλόπουλο δεν άκουγε ούτε ορμήνειες ούτε παρακάλια. Κάθε αυγή έπαιρνε το τουφέκι του στον ώμο και τραβούσε στους λόγγους και τα βουνά. Έτσι περνούσε όλον τον καιρό του, δρασκελώντας βράχους και γκρεμνά, και δεν ήτανε τόπος στο μεγάλο του βασίλειο, που δεν τον ήξερε, δεν ήτανε κορφή που δεν την είχε πατημένα, δεν ήτανε λόγγος που δε χάρηκε τον ήσκιο του, δεν ήτανε ρεματιά που δεν τον δέχτηκε κι' ακρογιαλιά που δεν τον είδε. Τόμορφο βασιλόπουλο ήτανε βασιλιάς αληθινός στο βασίλειό του. Τον ξέρανε τα χιόνια στις απάτητες κορφές, τα δέντρα τα χιλιόχρονα τον χαιρετούσανε, ταηδόνια μες στις ρεματιές τον προβοδίζανε και στακρογιάλια τασημένια τα κυματάκια του φιλούσανε τα πόδια του. Τόμορφο το βασιλόπουλο ήτανε αληθινός βασιλιάς στο βασίλειό του. Και ταγρίμια του βουνού μεριάζανε ακόμα στο διάβα του και στις ερημικές τις στάνες ταγριόσκυλλα τονέ ζυγώνανε σκυφτά και ταπεινά, κουνώντας την ουρά τους.

Ένα πρωί ο γέρος ο βασιλιάς έκραξε το παιδί του και το φίλησε στο κούτελο. Το κάθισε σιμά του σε χρυσό θρονί και του είπε:

—Άκουσε, παιδί μου, αυτά που θα σου πω, και νάχης την ευχή μου. Σήμερα είναι μεγάλη μέρα. Απ' το μεγάλο το βασίλειο της Ανατολής, που μας χωρίζουνε θάλασσες πλατειές και πιο πλατειά ακόμα η έχθρα η παλιά μας κ' οι πόλεμοί μας, φτάσανε προξενητάδες διαλεκτοί, με καράβια φορτωμένα χρυσάφια και χαρίσματα. Ώρα την ώρα φτάνουν οι τρανοί μουσαφιραίοι και το παλάτι μας θα ιδή μεγάλο πανηγύρι σήμερα.

Το βασιλόπουλο άκουσε αδιάφορα τα λόγια του πατέρα του. Ο γέρος ο βασιλιάς του χάιδεψε με τα γέρικα δάκτυλά του τα χρυσά μαλλιά και του είπε :

—Άκουσε, παιδί μου. Πέταξε το τουφέκι σου σε μια γωνιά,

βγάλε τα ρούχα σου τα σκονισμένα και τα ταπεινά και φόρα τα χρυσά και τα βελούδα σου. Σήμερα είναι μεγάλη γιορτή στο παλάτι μας.

Το βασιλόπουλο αποκρίθηκε:

—Κι' αν είναι μεγάλη γιορτή στο παλάτι μας, με το καλό να ξεφαντώσετε, Κι' αν είναι τρανοί μουσαφιραίοι στο τραπέζι μας, φτάνουνε ο βασιλιάς και η βασίλισσα να τους καλοδεχτούνε. Κι' αν είναι προξενητάδες για τα μένανε, εγώ παίρνω το τουφέκι μου και πάω στη δουλειά μου.

Ο γέρος ο βασιλιάς θύμωσε βαριά, το αίμα του τον έπνιξε στο λαιμό και τρέμοντας ολόσωμος, είπε βαρύ λόγο στον αγαπημένο του. Μα το βασιλόπουλο δεν άλλαζε γνώμη.

—Αλλοίμονο! είπε ο γέρος ο βασιλιάς. Λίγα χρόνια η γη μας έμεινε απότιστη απ' το αίμα. Τα νιάτα μου μες στους πολέμους πέρασαν. Ο ανθός της χώρας μας θερίστηκε χρόνια και χρόνια απ' το δρεπάνι των οχτρών μας. Και τώρα σαν αρνηθούμε το χάρισμά τους, πάλε το αίμα μας θα ποτίση το διψασμένο χώμα—και ποιος ξέρει—σκλάβοι κ' εμείς, σκλαβωμένη κ' η γη μας, θα συρθούμε στα πόδια των οχτρών μας. Άμποτε μόνο, κλεισμένα τα μάτια μου, να μην ιδούνε τη μεγάλη συφορά.

Το βασιλόπουλο πετάχτηκε απάνω και τα μάτια του αστράψανε μέσα στα σύννεφα των λογισμών του.

—Κι' αν οι οχτροί μας μελίσσι πέσουνε στη χώρα μας, καλώς τους να κοπιάσουν. Το χέρι ετούτο δεν απόκαμε ποτέ κρατώντας τάρματα. Κι' αν θέλη ο βασιλιάς ο πατέρας μου να κάνη χάρισμα στους οχτρούς του, έχει χώρες και θησαυρούς κι' ας τους χαρίση. Κι' αν θέλη να διαφεντέψω τη χώρα του, το αίμα μου είναι δικό του κι' ας το χύση στα πόδια τους. Μ' αν θέλη την καρδιά μου να την κάνη χάρισμα, άδικα πασχίζει κι' αγωνίζεται. Αυτή δεν την ορίζει.

Και σκύβοντας λυπητερά το κεφάλι του, για να κρύψη δυο δάκρυα που στάζανε στα χλωμά του μάγουλα, είπε σιγά:

—Αλλοίμονο! Ούτ' εγώ ατός μου την ορίζω.

Κ' έφυγε βιαστικά, πνίγοντας ταναφυλλητά του στήθους του.

Το βασιλόπουλο κρέμασε το τουφέκι στον ώμο και ξεκίνησε για το βουνό. Μέσα στις πυκνές τις λαγκαδιές ήτανε το λημέρι του. Μα το βασιλόπουλο ήτανε καιρός τώρα που δεν είχε ρίξει τουφεκιά στο λόγγο. Οι πέρδικες πετούσανε άφοβα σιμά του, τα κοτσύφια του σφυρίζανε απάνω απ' το κεφάλι του, και τα μικρόπουλα μέσα στις φυλλωσιές δεν κόβανε το τραγούδι τους σαν περνούσε. Φτερό δε σήκωνε το τουφέκι του να κτυπήση. Ήτανε καιρός τώρα που τα πουλιά είχανε πάρει για το βασιλόπουλο ανθρωπινή λαλίτσα και του μιλούσανε λόγια γλυκά και μπιστεμένα.

Καθώς περνούσε ο κυνηγός μέσα στα σύθαμπα του λόγγου, γυρεύοντας—κάτι γυρεύοντας με τα μάτια ολόγυρα—, ένας πετροκότσυφας, πούχε χωθή μέσα στα κλαριά, φεύγοντας την άψη του ήλιου, του σφύριξε στ' αυτί

—Πάρε την πλαγιά του βουνού και κατέβα στη ρεματιά. Απάνω στο στρογγυλό λιθάρι, που το σκεπάζει ο γεροπλάτανος, δροσολογιέται η αγάπη σου.

Ο κυνηγός πήρε βιαστικά τα πόδια του, έφτασε στην πλαγιά του βουνού και κατέβηκε στη ρεματιά. Ταηδόνια τραγουδούσανε μέσα στα δασά πλατάνια, και πάνω στις ρίζες τους, που τις πότιζε γαργαλιστό το τρεχούμενο νεράκι, το άσπρο κοπάδι δροσολογιότανε. Απάνω στο στρογγυλό λιθάρι, που το σκέπαζε ο γεροπλάτανος, καθότανε η αγάπη του. Με του λαγού την περπατησιά έφτασε ο κυνηγός στο στρογγυλό λιθάρι. Η βοσκοπούλα είχε ξαπλωμένο το άπλερο κορμί της απάνω στο λιθάρι κι' ακουμπούσε το ξέγνοιαστο κεφάλι απάνω στη γέρικη φλούδα του πλάτανου. Ώρα την ώρα την πήρε ο ύπνος και αηδονάκια νανουρίζανε τον ύπνο της κι' ο γεροπλάτανος μουρμούριζε στους διαβάτες μη λάχη και την ξυπνήσουν. Ο κυνηγός, με το τουφέκι στον ώμο, στάθηκε αγνάντια και την κύτταζε. Του φάνηκε σα μεσημερνή νεράιδα πούκανε την κοιμισμένη, καρτερώντας να του πάρη τη μιλιά. Κ' έμεινε βουβός ώρα πολλή κυττάζοντάς την. Μα και νάθελε να μιλήση δεν μπορούσε. Η φωνή του είχε στεγνώσει στο λαιμό και τα χείλια του μόνο αναδέβανε αλαφρά με το ανάδεμα των χειλιών της κοιμισμένης. Λες πως τον είχε πάρει κι' αυτόν ένας γλυκός ύπνος και πως βλέπανε κ' οι δυο το ίδιο τόνειρο.

Ο γεροπλάτανος ο ζηλιάρης έρριξ' ένα φύλλο ξερό απάνω στο κούτελο της κοιμισμένης και την ξύπνησε. Μπροστά στα μάτια της είδε άξαφνα η κοπέλλα το νέο τον κυνηγό, που πάντα τον εκαρτερούσε και πάντα τον απόδιωχνε. Μια ντροπή χύθηκε κ' έβαψε με κοκκινάδι το πρόσωπό της. Γιατί οι κοπέλλες έχουνε κρυφό και μυστικό τον ύπνο τους και τον φυλάνε απ' τα μάτια των παλικαριών.

Ο κυνηγός την καλημέρισε με πνιγμένη φωνή.

—Τι θέλεις από μένα, κυνηγέ, με το τουφέκι; του είπε δειλά.

Εδώ δεν είναι πέρδικες, δεν είναι μήτε κοτσύφια. Εδώ αηδονάκια μόνο κελαϊδούν στις φυλλωσιές. Πάρε το τουφέκι σου, κυνηγέ, και τράβα στη δουλειά σου…

—Όμορφη κοπέλλα, της είπε γλυκά ο κυνηγός, εγώ δεν κυνηγώ κοτσύφια μήτε πέρδικες. Κ' εκεί που κελαϊδούν ταηδόνια είναι η λαχτάρα μου.

—Πάρε το τουφέκι σου, κυνηγέ, και τράβα στη δουλειά σου. Τα λάφια κ' οι λαγοί δεν έρχονται να ξεδιψάσουν στη ρεματιά μεσημεριάτικα. Εδώ μονάχα το ασπρόμαλλο κοπάδι μου σβύνει τη δίψα του. Κι' αν θέλης λαγούς και λάφια, πάρε το τουφέκι σου και τράβα στη δουλειά σου.

Ο κυνηγός ζύγιασε πιο σιμά της και της είπε πάλι:

—Εγώ κι' αν είμαι κυνηγός δεν κυνηγώ λαγούς και λάφια. Κ' εκεί που το ασπρόμαλλο κοπάδι σβύνει τη δίψα του, θέλω κ' εγώ να ξεδιψάσω. Όμορφη πιστικιά, δος μου το αθάνατο νερό απ' τα χειλάκια σου.

Η όμορφη βοσκόπουλα, που κάθε μέρα καρτερούσε το νιο τον κυνηγό και κάθε μέρα τον απόδιωχνε με την κάκια της αγάπης, σηκώθηκε απάνω μ' έναν όμορφο θυμό και ξαναείπε:

—Αλλοίμονο σ' εσένα, κυνηγέ. Εγώ έχω αδέρφια και ξαδέρφια κι' αν σε ιδούν σιμά μου, το αίμα σου θα τρέξη ποτάμι στο πράσινο το χορταράκι. Αλλοίμονο σ' εσένα, κυνηγέ, και τρισαλλοίμονό σου.

Ο νέος ο κυνηγός την κύτταξε γλυκά.

—Κι' αν έχης αδέρφια και ξαδέρφια, χαρά σ' εμένανε, να τρέξη το αίμα μου ποτάμι στην ποδιά σου…

Τότε τα δυο τα χείλια της βοσκοπούλας του είπανε πάλι με τρομάρα:

—Φύγε, κυνηγέ, από σιμά μου.

Και τα δυο της τα μάτια του είπανε με λαχτάρα:

—Έλα, κυνηγέ, και πέσε στην αγκαλιά μου.

Ο νέος ο κυνηγός δεν άκουσε τα δυο της τα χείλια, μόνο άκουσε τα δυο της τα ματάκια κ' έπεσε στην αγκαλιά της. Χίλια χρόνια βάσταξε το αγκάλιασμά τους και τα φιλιά τους άλλα τόσα.

Και σα σήκωσε το κεφάλι του ο κυνηγός απ' τα γλυκά της στήθια, έβγαλε από μέσα απ' την τσάντα του μια τραχηλιά με μαργαριτάρια και την πέρασε στον άσπρο της λαιμό.

Η βοσκοπούλα ξαφνιάστηκε. Ποτέ δεν είχε ιδεί τόσο όμορφες χάντρες.

Ο νέος ο κυνηγός της είπε τότε:

—Μην το βγάλης ποτέ απ' το λαιμό σου. Αυτό είναι το θυμητικό της αγάπης μας.

Η βοσκοπούλα γύρισε και κύτταξε τα όμορφα μαργαριτάρια στο λαιμό της και δυο δάκρυα στάξανε απάνω στα θαμπά πετράδια.

—Ποτέ μου δεν είδα τόσες όμορφες χάντρες, ξαναείπε.

Ο νέος ο κυνηγός φίλησε τον άσπρο της λαιμό, με τα θαμπά μαργαριτάρια. Ένα γλυκό αεράκι σάλεψε τα κλαδιά του γεροπλάτανου και δυο αχτίδες χρυσές γλυστρήσανε απ' τη φυλλωσιά του και πλέξανε μια χρυσή κορώνα στο κεφάλι της.

Ο νέος ο κυνηγός την κύτταξε γλυκά και είπε μέσα του:

—Πόσο της μοιάζει για βασίλισσα!

Στο μακρυνό βασίλειο της Ανατολής, θυμωμένος ο ξένος βασιλιάς για την προσβολή που γίνηκε στη θυγατέρα του, θυμήθηκε τις παλιές του έχθρες κ' έστειλε, με δυνατές αρμάδες, μυριάδες ασκέρι να πολεμήσουν τον εχθρό του. Όλ' η χώρα σηκώθηκε στο ποδάρι, να διαφεντέψη την πατρίδα. Από αμούστακο παιδί ως ασπρομάλλη γέρο ζωστήκανε όλοι τάρματα και ξεκίνησαν στα σύνορα. Το βασιλόπουλο, πρώτο και καλύτερο, ζώστηκε τα χρυσά του τάρματα, άφησε τους λόγγους και τις ρεματιές, σέλωσε το άσπρο τάλογό του και ξεκίνησε μπροστά απ' τα παλικάρια να σώση την όμορφη τη χώρα του, που κινδύνευε από δική του αιτία. Πήρε την ευχή του γέρου του πατέρα του, πήρε και την ευχή της γρηάς βασίλισσας, έβαλε φτερά στα πόδια του και χάθηκε σαν την αστραπή. Ο γέρος ο βασιλιάς, προβοδίζοντάς τον, τον φίλησε στο κούτελο και του είπε:

—Ο Θεός μαζί σου. Κι' όταν γυρίσης όπως θέλει ο Θεός, με τα γέρικα τα χέρια μου θα βγάλω την κορώνα απ' το κεφάλι μου να τη φορέσω στο δικό σου. Γιατί έτσι μου τη φόρεσε κ' εμένανε ο πατέρας μου.

…Δυο χρόνια πολεμούσε το βασιλόπουλο και δυο χρόνια οι μαντατοφόροι του πολέμου φέρνανε τα μαντάτα της παλικαριάς του. Χίλιες φορές πήρε φαλάγγι τους εχθρούς του, ποτάμια έχυσε το αίμα τους στη γη. Μα ήταν οι εχθροί ασκέρι και δεν είχανε σωμό. Μα και το βασιλόπουλο με τα παλικάρια του αποσταμό δεν είχε.

Στον καιρό αυτό μεγάλη ταραχή γίνηκε μες στο παλάτι. Η γρηά η βασίλισσα, κυττάζοντας μια μέρα τους θησαυρούς της, έλαβε μεγάλη τρομάρα. Τα μαργαριτάρια της, που άλλα στον κόσμο δε βρισκόντανε, ήτανε χαμένα. Μάταια ψάξανε όλο το παλάτι. Πουθενά δεν εβρεθήκανε.

—Αλλοίμονο! είπε η βασίλισσα. Με τούτα τα μαργαριτάρια, κι' αν οι οχτροί πατήσουνε τη χώρα μας, πάλε μπορούμε να την ξαγοράσουμε. Κι' αν πάρωμε εμείς τον πόλεμο, με τέτοιο πλούτος τόσες κι' άλλες τόσες χώρες αγοράζομε.

Κ' έκλαιγε μοναχή της και φοβότανε να πη το χάσιμό της. Σαν είδε κι' απόειδε ξεμολογήθηκε μια μέρα το χάσιμό της στο βασιλιά,

—Όλα τα κακά μας ήρθαν μαζεμένα στο κεφάλι μας! είπε ο γέρος ο βασιλιάς. Και σα γυρίση με το καλό το βασιλόπουλο και σαν του βάλω την κορώνα με τα χέρια μου, που θενά βρης το τάξιμο που τούταξες για την καινούργια τη βασίλισσα ;

Και τον πήρανε τα δάκρυα.

Έβγαλε προσταγή ο βασιλιάς, ανθρώποι μπιστεμένοι ναπολυθούνε σ' όλο το βασίλειο, να πάρουνε βουνά και λόγγους, να βρούνε το χαμένο θησαυρό.

Καθεμέρα, μαζί με τα μαντάτα του πολέμου, φτάνανε στο παλάτι τα μαντάτα των γυρευτάδων.

—Το βασιλόπουλο νικάει. Στάχτη και μπούρμπερη σκορπίζοντ' οι οχτροί μας.

Λέγανε οι μαντατοφόροι του πολέμου, χαρούμενοι και γελαστοί.

—Χώρες και χωριά γυρίσαμε. Λιθάρι απάνω σε λιθάρι δεν αφήσαμε. Μα ο θησαυρός, αλλοίμονο, δε φάνηκε πουθενά.

Λέγανε οι μαντατοφόροι των γυρευτάδων, χλωμοί και λυπημένοι.

Μεγάλη πίκρα ήτανε χυμένη στο παλάτι. Κ' η γρηά η βασίλισσα απ' το κακό της αρρώστησε και πέθανε. Και κλείνοντας τα μάτια της, έλεγε με παράπονο:

—Αλλοίμονο, παιδί μου, και σα γυρίσης απ' τον πόλεμο και σα σου βάλη ο βασιλέας την κορώνα του, πού θάβρω εγώ το ταξιμο που σούταξα να σου το δώσω; Καλύτερα να κλείσω τα μάπα μου να μην ιδούνε τη ντροπή μου.

Κ' έκλεισε τα μάτια της η βασίλισσα και πέθανε.

Ο γέρος ο βασιλιάς έπεσε σε μεγάλη θλίψη.

Ένα πρωί εκεί που ο βασιλιάς μονάχος του έκλαιγε της βασίλισσας το χαμό με τη λαχτάρα του παιδιού του, ένας μαντατοφόρος χύθηκε σαν αστραπή μες στο παλάτι.

—Αφέντη βασιλιά μου, είπε, να! το χάσιμο!

Έβγαλε απ' τον κόρφο του την τραχηλιά με τα μαργαριτάρια και την απίθωσε στα γόνατα του βασιλιά. Κ' ύστερα έπεσε σαν πεθαμένος απ' την κούραση απάνω σ' ένα θρονί.

Το γέρο το βασιλιά τον πήρανε τα κλάματα. Απ' τη χαρά του για το βρέσιμο κι' απ' τη λύπη του, που χάθηκε η βασίλισσα και πήρε τον καϋμό μαζί της. Σα συνέφερε λιγάκι φώναξε σιμά του το μαντατοφόρο και του είπε:

—Γεια σου, άξιο παλικάρι. Κι' ό,τι μου ζητήσης εσύ και τάλλα παλικάρια, δικό σας να είναι....

Ο μαντατοφόρος πήρε δυο ανάσες κι' άρχισε να ιστορή στο βασιλιά το πώς βρεθήκανε τα μαργαριτάρια της βασίλισσας. Μέσα σ' ένα βαθύ ρουμάνι, εκεί που γυρίζανε απελπισμένοι, οι ανθρώποι του βασιλιά, είδανε μια πιστικιά πούβοσκε τα πρόβατά της. Είχανε χαμένο το δρόμο τους και γυρίζανε νηστικοί και διψασμένοι μέσα στα πυκνά τα δέντρα. Σαν είδανε την πιστικιά ζυγώσανε να τη ρωτήσουν πούθε βγαίνει ο δρόμος. Αστροπελέκι έπεσε μπροστά τους. Θαμπώσανε τα μάτια τους. Στο λαιμό της πιστικιάς είδανε τα μαργαριτάρια της βασίλισσας. Η κλέφτρα δεν ήθελε να μαρτυρήση. Έλεγε πως τα βρήκε μέσα σε μια ρεματιά, στη ρίζα ενός πλάτανου. Και σαν της πήρανε το θησαυρό άρχισε τα κλάματα και τα παρακαλετά. Τα παλικάρια τότε τη δέσανε πισθάγκωνα μ' ένα λιτάρι και τη φέρανε δέρνοντας στη χώρα. Της μάτωσαν τα κρέατά της στο δρόμο, μα η κλέφτρα δε θέλει να μαρτυρήση.

—Άτιμη γέννα του Σατανά, είπε θυμωμένος ο βασιλιάς. Τα μαργαριτάρια της βασίλισσας ποτέ δε βγήκανε όξω απ' το παλάτι. Ζητιάνα θα χώθηκε η κλέφτρα στο παλάτι, μάγισσα θα μπήκε στο αρχοντικό μου και μούκλεψε το θησαυρό μου.

—Πρόσταξε, βασιλιά μου, να της πάρωμε το κεφάλι! είπε ο μαντατοφόρος.

—Όχι, να μην της πάρετε το κεφάλι, είπε ο βασιλιάς. Στα σίδερα να μείνη νηστική και διψασμένη, μες στη φυλακή. Με σιδερένιες βέργες να τη δέρνουνε και σα ζητάη νερό να ξεδιψάση, ξύδι να την ποτίζουν κι' αψιθιά....

Ο γέρος ο βασιλιάς συνέφερε λίγο απ' το κακό του. Έκρυψε βαθιά το θησαυρό του και περίμενε μέρα με την ημέρα τον υγυιό του. Και καθεμέρα ρωτούσε για την πιστικιά, μήπως και μαρτύρησε το κλέψιμό της. Μα βέργες σιδερένιες της ματώνανε τα κρέατα, ξύδι κι' αψιθιά τηνέ ποτίζανε, μα το στόμα της—λέγανε οι μαντατοφόροι—μιλιά δεν έβγαλε ακόμα.

Ένα πρωί, χαρά θεού, βούκινα και τούμπανα τράνταξαν τον αέρα. Το βασιλόπουλο γύριζε απ' τον πόλεμο. Στάχτη και μπούρμπερη σκορπίστηκαν οι εχθροί του. Και γύριζε τώρα νικητής στη χώρα τη δική του. Τα βούκινα και τα τούμπανα όλο ζυγώνανε στη χώρα κ' έτρεμε ο αέρας από τη χαρούμενη βοή τους.

Ο γέρος ο βασιλιάς καβάλλησε το πιο όμορφο άλογό του, πήρε και την κορώνα τη χρυσή στα χέρια του και ξεκίνησε απ' το παλάτι. Μπροστά αυτός και πίσω πεζοί και καβαλλάρηδες, τράβηξε μακρυά κατά το κάστρο, στη μεγάλη τη σιδερόπορτα για να δεχθή το βασιλόπουλο. Έξω απ' το κάστρο αγκαλιαστήκανε ο βασιλιάς με το παιδί του. Και σαν εφιληθήκανε γλυκά, τούβαλε την κορώνα στο κεφάλι του, καινούργιος βασιλιάς, να περάση τη σιδερόπορτα να μπη στην πολιτεία. Μισοούρανα σηκώθηκε η χαρούμενη χλαλοή των πιστών του. Τούμπανα και βούκινα χαιρετήσανε τον καινούργιο βασιλιά. Και τώρα μπροστά αυτός και πίσω ο γέρος ο πατέρας του με τα δάκρυα στα μάτια, μπήκανε στη μεγάλη πολιτεία.

Χιλιάδες αποπίσω τους ακολουθούσανε. Γέροι εκατόχρονοι κι' αδύνατες γυναίκες, με βυζανιάρικα παιδιά στην αγκαλιά τους, ό,τι είχε μείνει μες στη χώρα απ' τον πόλεμο, ακολουθούσαν αποπίσω, με τα δάκρυα στα μάτια, σα λιτανεία πίσω από θαυματουργήν εικόνα. Κι' ατέλειωτη σειρά κατόπι τασκέρια των πολεμιστάδων, πεζοί και καβαλλάρηδες αμέτρητοι. Ο νέος ο βασιλιάς έμπαινε καβαλλάρης στη χώρα τη δική του.

Σα φτάσανε στο παλάτι, ο νέος ο βασιλιάς ανιστόρησε στο γέρο τον πατέρα του τα βάσανα του πολέμου. Κι' ο γέρος, που τάκουγε δακρύζοντας, ανιστόρησε κι' αυτός τα βάσανα της χώρας, τις συφορές της μοίρας, το χαμό τον άδικο της βασίλισσας και τις λαχτάρες τις δικές του.

—Ένας πόλεμος κ' η ζωή στον κάμπο και στο σπίτι. Κι' άλλος γυρίζει νικητής κι' άλλος νικημένος.

Ύστερα, με τον καιρό, ανιστόρησε ο γέρος στον καινούργιο βασιλιά, το χάσιμο του θησαυρού του, τη λύπη της μητέρας του, τα βάσανά τους, τα καρδιοχτύπια τους, για το τάξιμο, που τούχε τάξει απ' την κούνια του, για να στολίση το λαιμό της νέας βασίλισσας. Ο νέος ο βασιλιάς σαν άκουσε τα λόγια αυτά έγινε χλωμός σα θειαφοκέρι.

—Μη χολοσκάς, παιδί μου, είπε ο γέρος σύνωρα. Έδωκε ο θεός και βρέθηκε το χάσιμο…

Ο νέος ο βασιλιάς έγινε ακόμα πιο χλωμός και τα γόνατά του λυγίσανε να πέση χάμω.

—Βρέθηκε το χάσιμο. Κ' η κλέφτρα η μάγισσα, του Σατανά η γέννα, ρέβει τώρα μες τα σίδερα.

Κρύος ιδρώτας έλουσε το νέο το βασιλιά κ' ένα σκοτάδι απλώθηκε στα μάτια του. Έκανε κουράγιο και είπε στον πατέρα του:

—Πατέρα μου και βασιλιά μου. Σύνωρα τώρα θέλω να ιδώ την κλέφτρα του θησαυρού μας. Κ' ευθύς προστάζω νανοιχθούν οι σιδερόπορτες της φυλακής, να πάω ατός μου μέσα.

Έβαλε μια φωνή κ' ήρθανε μέσα οι πιστοί του βασιλιά, αμέσως δίνει προσταγή να τον ακολουθήσουν, της φυλακής τις πόρτες να του ανοίξουνε.

Τότε ο πρώτος απ' τους πιστούς στάθηκε κ' είπε:

—Άκουσε, αφέντη βασιλιά. Του θησαυρού σου η κλέφτρα μήνες έρρεψε στη φυλακή. Και σήμερα σαν επερνούσε η συνοδεία σου απ' το κάστρο, η κλέφτρα η μάγισσα σκαρφάλωσε στα σίδερα της φυλακής, να ιδή τον βασιλέα που περνούσε. Το κρίμα της την έπνιξε στο λαιμό. Και σα σ' αγνάντεψε στο άλογό σου απάνω, ποιος ξέρει τι της ήρθε. Έβαλε στριγγή φωνή και κάτω από τα σίδερα σωριάστηκε στο χώμα.

Ο νέος ο βασιλιάς τινάχθηκε σα λαβωμένο ζαρκάδι.

—Σύνωρα, είπε, θέλω να την ιδώ!

Άρπαξε το μαργαριταρένιο θησαυρό απ' τη χρυσή τη θήκη κι' αστραπή χύθηκε και βγήκε απ' το παλάτι. Οι πιστοί τον ακολουθήσανε.

Μέσα στο σκοτάδι της φυλακής, απάνω στο μουσκεμένο χώμα, ήτανε ξαπλωμένη, χλωμή σαν θειαφοκέρι, η βοσκοπούλα. Ο Χάρος, κλείνοντάς της τα μάτια, της είχε ξαναδώσει την ομορφιά της και το πρόσωπό της έλαμπε σαν ήλιος μέσα στα σκοτάδια της φυλακής. Οι στρατοκόποι του βασιλιά, ορθοί αποπάνω της, στεκόντανε σα θαμπωμένοι.

Άξαφνα μπήκε μέσα ο νέος ο βασιλιάς. Ένας σεισμός ετάραξε τα φυλλοκάρδια του. Έπεσε απάνω στο άψυχο κορμί και τα μάτια του γενήκανε βρύσες και δεν εστείρευαν. Οι πιστοί του βασιλιά σταθήκανε ολόγυρα σαν πετρωμένοι.

Τότε ο νέος ο βασιλιάς ανασηκώθηκε με κόπο. Είχαν ασπρίσει τα μαλλιά του και το πρόσωπό του φαινότανε πιο γέρικο απ' του γέρου του πατέρα του.

Στάθηκε μια στιγμή σαν αλαφιασμένος, με τα μάτια του ορθάνοιχτα, μαύρα σαν την πίσσα. Έβαλε το χέρι του στον κόρφο, έβγαλε την τραχηλιά με τα μαργαριτάρια και την πέρασε στο λαιμό της πεθαμένης. Το χλωμό της το πρόσωπο άστραψε πάλι σαν τον ήλιο.

Έβαλε τότε μια φωνή ο βασιλιάς, έβαλε μια φωνή που ήτανε σαν κλάμα:

—Πιστοί του βασιλιά! Προσκυνήστε τη βασίλισσά σας....

Οι πιστοί σκύψανε ολόγυρα τα κεφάλια τους.

Τότε μια χαρά χύθηκε ξαφνικά στην όψη του νέου βασιλιά. Έβαλε πάλι το χέρι του στον κόρφο κ' έβγαλε κρυφά ένα χρυσό μαχαίρι. Πριν να προφτάσουν να τον ιδούν τα θαμπωμένα μάτια των πιστών του, τόμπηξε βαθιά στα πονεμένα στήθια του. Έβαλε βαθύν αναστεναγμό και σωριάστηκε απάνω στην αγάπη του.

Πετρωμένοι στάθηκαν γύρω οι πιστοί του. Κι' ο νέος ο βασιλιάς αγκαλιάζοντας σφικτά την καλή του, είπε με σβυσμένη φωνή:

—Πιστοί του βασιλιά! Απάνω στο πιο ψηλό βουνό, μες στα δασά, τα ορμάνια, σκάψτε βαθιά ένα λάκκο. Σκάψτε βαθιά ένα λάκκο και θάψτε μαζί το βασιλιά με τη βασίλισσα.

Κ' έκλεισε τα μάτια του. Και κανένας πια δε χώρισε τον βασιλέα απ' τη βασίλισσα....

***

Αυτή είναι η θλιβερή η ιστορία της βοσκοπούλας με τα μαργαριτάρια, που μοιάζει σαν παραμύθι και παραμύθι δεν είναι. Ξαπλωμένος στον ήσκιο μιας καρυδιάς, μέσα στην άψη του Θεριστή, την άκουσα βαθιά στο κατάχνιασμά μου. Η φωνή που μου την ανιστόρησε ήτανε γλυκεία, μακρυνή και σβυσμένη. Έτσι έχουνε να πούνε πως οι παλιοί ανθρώποι, που χρόνια τώρα τους έχει φάει το χώμα, και που μια φορά κ' έναν καιρό περάσανε στον απάνω κόσμο μεγάλα βάσανα και πάθη, σε αγάπες, σ' έχθρητες και σε πολέμους, θέλοντας να μη ξεχασθούν τα βάσανά τους, ξαναγυρίζουνε στον κόσμο κι' ανιστορούνε τη ζωή τους στους αλαφροΐσκιωτους ανθρώπους. Η φωνή που μου ανιστόρησε κ' εμένα, στον ήσκιο της καρυδιάς, μέσα στην άψη του Θεριστή, την ιστορία της

Βοσκοπούλας με τα Μαργαριτάρια, ήτανε γλυκειά, μακρυνή και σβυσμένη.

ΤΟ ΒΑΣΙΛΟΠΟΥΛΟ ΠΟΥ ΧΑΜΟΓΕΛΟΥΣΕ

Ένας μεγάλος Ρήγας της Ανατολής απόκτησ' ένα μονάκριβο παιδί. Χρόνια και χρόνια το περίμενε ο Ρήγας το βασιλόπουλο. Χρόνια και χρόνια το περίμενε ο λαός του. Ο Ρήγας κινδύνευε να πεθάνη άκληρος. Στα τελευταία έδωκε ο Θεός και γεννήθηκε το παιδί. Μα το βασιλόπουλο, μόλις άνοιξε τα μάτια του στον κόσμο και κύτταξε τριγύρω του με τα μεγάλα γαλανά του μάτια, αντί να κλάψη, όπως όλα τάλλα παιδιά, σιγοάνοιξε το στοματάκι του κι' άρχισε να χαμογελά.

Όλοι οι μάγοι και όλοι οι σοφοί του παλατιού μαζεύθηκαν απάνω από τη χρυσή κούνια να ιδούν το παράξενο μωρό. Οι σοφοί σκύψανε τα κεφάλια τους, με τα μακρυά τους κάτασπρα μαλλιά, οι μάγοι κύτταξαν ταστέρια και, γυρίζοντας κατά τον Ρήγα, του είπαν: "Το παιδί αυτό θα γίνη μεγάλος σοφός και μεγάλος μάγος, μεγαλείτερος από μας". Το μωρό, σαν νάκουσε τα λόγια των μάγων και των σοφών, εκάρφωσε τα μάτια του απάνω στις άσπραις γενειάδες και χαμογέλασε πάλι.

Το βασιλόπουλο μεγάλωνε μέσα στα πούπουλα και μέσα στα χρυσάφια. Ο Ρήγας το πότιζε με του πουλιού το γάλα. Σκλάβοι και σκλάβες το παράστεκαν μέρα και νύχτα. Μα το βασιλόπουλο ήτανε πάντα χλωμό και αρρωστιάρικο και τα μεγάλα γαλανά του μάτια ήσαν πάντα γυρμένα κατά γης.

Ο Ρήγας κάλεσε όλους τους γιατρούς από Ανατολή και Δύση. Και οι γιατροί, με τα γιατροσόφια και τα βότανά τους, μαζεύτηκαν απάνω απ' τη χρυσή κούνια. Άνοιξαν τα γιατροσόφια τους και άρχισαν να μιλούν λατινικά αναμεταξύ τους. Και το βασιλόπουλο, χλωμό και αρρωστιάρικο, απάνω στα πουπουλένια προσκέφαλα, τους κύτταζε με τα μεγάλα του μάτια. Και σα να καταλάβαινε τα λατινικά τους και σα να ξεδιάλυνε τη σοφία τους, χαμογελούσε πάλι, χαμογελούσε ολοένα.

Τα χρόνια περνούσαν. Τα βότανα και τα μαντζούνια των γιατρών δε λείψανε μια μέρα απ' το προσκέφαλο του μικρού. Μα το βασιλόπουλο δεν ήθελε να πάρη απάνω του, σα να το έτρωγε κάποιο μυστικό σαράκι. Μεγάλωσε με τον καιρό, έγινε παλικάρι, μα τα μάγουλά του ήσαν πάντα χλωμά, τα μάτια του βαθουλωμένα, το κορμί του αδύνατο και αχαμνό. Τα μάτια του ήσαν πάντα γυρμένα κατά τη γη, και τα λόγια του μετρημένα. Μόνο από καιρό σε καιρό, χωρίς κανένας να ξέρη την αιτία, σιγοάνοιγε τα χλωμά του χείλια και χαμογελούσε.

Ο Ρήγας το πήρε κατάκαρδα. Τα γεράματα τον είχαν πλακώσει και, βλέποντας το παιδί του το αμίλητο και το αρρωστημένο θυμήθηκε τα λόγια των μάγων και των σοφών, που του είπαν πως το βασιλόπουλο θα γίνη πιο μεγάλος μάγος και πιο μεγάλος σοφός απ' αυτούς, και τα δάκρυα του ήρθανε στα μάτια. Εφώναξε τους μάγους και τους σοφούς του παλατιού τριγύρω του και τους είπε να χαθούν από τα μάτια του, να φύγουν αμέσως από το παλάτι.

Έδιωξε τους μάγους και τους σοφούς ο Ρήγας και πήρε το μονάκριβό του και τράβηξε σε μακρινό ταξίδι, μήπως και τα θαύματα του κόσμου και οι τέχνες των ανθρώπων, στις ξένες χώρες, αναστήσουν την ψυχή του παιδιού του και δυναμώσουν το κορμί του. Πήρε το παιδί του ο Ρήγας, αρμάτωσε τη βασιλική του φρεγάδα και τράβηξε στο μακρυνό ταξίδι.

Σχίσανε τα πέλαγα από Ανατολή σε Δύση, πήγανε στις χώρες τις μακρυνές που δε βασιλεύει ο ήλιος, πήγανε εκεί που πέφτουν οι μεγάλοι καταρράκτες από τους θεόρατους βράχους, πέρασαν απ' τις θάλασσες που κυλούν τα βουνά τα παγωμένα και ασπροβολούν μέσα στα σκοτάδια. Βγήκανε και σεργιάνισαν στα δάση που κελαηδούν τα ωραιότερα πουλιά του κόσμου... Οι δάσκαλοι ακολουθούσαν από κοντά κ' εξηγούσαν τα μυστήρια της φύσεως. Μα το βασιλόπουλο τα κύτταζε όλα με αδιαφορία, άκουε τα λόγια των δασκάλων ξένοιαστα κ' έπειτα μισοάνοιγε τα χλωμά του χείλια και χαμογελούσε.

Πήγαν έπειτα στις μεγάλες πολιτείες. Πήγαν στα πανηγύρια, στα θέατρα, στους χορούς. Τριγύρισαν τα παλάτια της Ανατολής και της Δύσης. Παραστάθησαν στις χαρές και στις λύπες του κόσμου, στους γάμους και στα λείψανα, στις αγάπες και στα μίση, σταγκαλιάσματα του έρωτα και στα δαγκάματα της έχθρας. Οι δάσκαλοι, που ακολουθούσαν από κοντά, εξηγούσαν πάλι τα θαύματα του κόσμου και τα μυστήρια της ψυχής. Μα το βασιλόπουλο κύτταζε πάλι αδιάφορα τριγύρω του και χαμογελούσε,

Οι δάσκαλοι τότε γύρισαν κατά το Ρήγα και δειλά—δειλά του είπαν: "Αφέντη, βασιλιά μου, μάταια πασχίζεις. Το παιδί σου δεν βλέπει, παραπέρα από τη μύτη του. Κρίμα τα έξοδά σου και κρίμα τους κόπους μας". Τα μάτια του Ρήγα στα λόγια αυτά βουρκώσανε. Γέμισε τους δασκάλους φλουριά και τους είπε: "Πηγαίνετε στο καλό. Το βλέπω και μοναχός μου. Οι μάγοι και οι σοφοί με γέλασαν. Μάταια τα έξοδά μου και μάταιοι οι κόποι σας. Σύρετε στο καλό".

Ο Ρήγας πήρε το παιδί του και γύρισε στο βασίλειό του. Τα μαλλιά του και τα γένεια του είχαν ασπρίσει από τον καϋμό. Το βασιλόπουλο πιο χλωμό και πιο αχαμνό ακόμα, σαν να τώτρωγε ένα μυστικό σαράκι, κλείσθηκε μέσα στο παλάτι, έπεσε στο κρεββάτι και μιαν αυγή ανοιξιάτικη έκλεισε τα μάτια του και πέθανε. Όλος ο λαός, άνδρες και γυναίκες, γέροι και νέοι, μαζεύθηκαν απ' όλο το βασίλειο να ράνουν με νεκρολούλουδα το βασιλόπουλο. Οι μοιρολογίστρες μοιρολογούσαν. Ο Ρήγας ακίνητος και βουρκωμένος στεκότανε από πάνω από το κεφάλι του. Οι μάγοι και οι σοφοί, που τους είχε διώξει ο Ρήγας από το παλάτι, ήλθαν και στάθηκαν δίπλα στο νεκροκρέββατο. Ήλθαν κ' οι δάσκαλοι και σταθήκανε στα πόδια του.

Το βασιλόπουλο μέσα στην κατάχρυση κάσσα, με τα μεγάλα μάτια του κλειστά, χαμογελούσε ακόμη κάτω από τα ροδόφυλλα. Οι δάσκαλοι εκυτταχθήκαν αναμεταξύ τους και είπαν σιγαλά: "Φτωχό παλικάρι! Δεν έβλεπε παραπέρα από τη μύτη του!" Οι μάγοι και οι σοφοί κυτταχθήκανε αναμεταξύ τους και είπαν: "Φτωχό παλικάρι. Έβλεπε πιο βαθιά απ' όλους μας. Τα κλειστά του μάτια βλέπουν τώρα τα μυστήρια της άλλης ζωής!" Και το βασιλόπουλο, που έβλεπε με τα κλειστά του μάτια τα μυστήρια της άλλης ζωής, χαμογελούσε με το ίδιο χαμόγελο, κάτω από τα νεκρολούλουδα.

ΤΟ ΑΓΑΠΗΜΕΝΟ ΑΝΤΡΟΓΥΝΟ

Το σπίτι το μεγάλο, με τα ψηλά τα παραθύρια και τα μαρμαρένια τα θεμέλια, κάτω στο γιαλό, ήτανε δικό της, μια φορά κ' έναν καιρό, της κυρα—Στάθαινας.

Κι' ο λεβέντης με τα καμαρωτά μουστάκια και τη χρυσή τη φέρμελη, που είναι η ζωγραφιά του κρεμασμένη σ' όλα τα μαγαζιά αράδα κάτω στο λιμάνι, ήτανε γυιός της μια φορά κι' έναν καιρό της κυρα—Στάθαινας.

Και το τραγούδι με το γλυκό σκοπό, που τραγουδούν και κλαίνε κάτω στην αμμουδιά τα κορίτσια του νησιού, είναι για την πεντάμορφη τη Λενιώ. Και η πεντάμορφη η Λενιώ ήτανε κόρη της, μια φορά κ' έναν καιρό, της κυρα—Στάθαινας.

Τώρα το σπίτι το μεγάλο, με τα ψηλά τα παραθύρια και τα μαρμαρένια τα θεμέλια, το πήραν οι μούτσοι του καπετάν—Στάθη. Ο καπετάν—Στάθης ο κουρσάρος πάει σύξυλος στα κύματα της Μπαρμπαριάς. Και η πεντάμορφη η Λενιώ χάθηκε από τον πόνο της αγάπης—μια φορά κ' έναν καιρό.

Και η καπετάνισσα παντρεύθη ένα ραβδί και περπατεί τις στράτες. Περνάει από κάτω από το σπίτι το ψηλό και καίγετ' η καρδιά της. Περνάει από τα μαγαζιά του λιμανιού, που είναι κρεμασμένη η ζωγραφιά του κανακάρη της, κι' αναστενάζει θλιβερά. Περνάει κι' απ' την αμμουδιά, που τραγουδούνε τα κορίτσια το τραγούδι της Λενιώς, και βουρκώνουν τα μάτια της.

Παντρεύθη ένα ραβδί η καπετάνισσα και τριγυρνά τις ρούγες. Και το ραβδί σκέβρωσε μαζή της. Φαγώθηκε πάνω στα καλδερίμια του νησιού. Ξεσχίσθηκε από τα δόντια των σκυλιών. Λύγισε από το βάρος του κορμιού. Παραπατούσε η γρηά—Στάθαινα, έτριζε το ραβδί σιμά της. Έπεφτε η γρηά—Στάθαινα να κοιμηθή, έγερνε και το ραβδί στην αγκαλιά της.

Ένα πρωί πάνω στο καλδερίμι του μεγάλου του σπιτιού με τα ψηλά τα παραθύρια και τα μαρμαρένια τα θεμέλια, τη βρήκανε ξερή τη γρηά—Στάθαινα. Και δίπλα το ραβδί της. Το ίδιο το πρωί ανοίξαν' ένα λάκκο στην αυλή του Άη—Νικόλα και τη θάψανε. Ο νεκροθάφτης πήρε το τσακισμένο το ραβδί και τόρριξε στην αγκαλιά της. Και ρίχνοντας την πρώτη φτυαριά το χώμα έλεγε γελώντας ο νεκροθάφτης: "Μια φορά κ' έναν καιρό ήτανε ένα αγαπημένο αντρόγυνο...."

Ο ΓΑΜΟΣ ΤΗΣ ΠΕΝΤΑΜΟΡΦΗΣ

Την ώρα που λιγοθυμάει το φως πάνω στα νυσταγμένα τα λουλούδια και στα κοιμισμένα τα νερά, βγαίνει από το παλάτι της η Πεντάμορφη. Την ώρα που γλυκοσβυούν τα χρώματα και πεθαίνουν οι μορφές της ζωής, η Πεντάμορφη ντύνεται με το μαγνάδι της σιγαλιάς και κατεβαίνει στο μεγάλο περιβόλι. Τα λουλούδια ανατριχιάζουν τριγύρω της, το σκοτάδι την αγκαλιάζει γλυκά και οι πεταλούδες έρχονται και κοιμούνται μέσα στα ξανθά της τα μαλλιά. Και λέει η Πεντάμορφη: "Όποιος μπορεί να με φιλήση, χωρίς να ξυπνήση τα λουλούδια ολόγυρά μου και χωρίς να διώξη τις πεταλούδες από τα μαλλιά μου, αυτός είναι δικός μου".

Την ώρα που γεμίζουν τα νερά της λίμνης από ροδόφυλλα, η Πεντάμορφη κατεβαίνει απ' το παλάτι της. Κατεβαίνει από το παλάτι της και λούζεται μέσα στα τριανταφυλλένια νερά. Και τα νερά ανατριχιάζουν ολόγυρά της και έπειτα γίνονται καθρέφτες και την καθρεφτίζουν. Και οι νυμφαίες γέρνουν και φιλούν τα ξανθά της τα μαλλιά. Και λέει η Πεντάμορφη: "Όποιος μπορεί να με φιλήση, χωρίς να σπάση τον καθρέφτη των νερών και χωρίς να σκοτώση μια νυμφαία, αυτός είναι δικός μου".

Την ώρα που πεθαίνει η ζωή μέσα στα μεγάλα σκοτάδια, απλώνεται η Πεντάμορφη στα κάτασπρα σεντόνια. Απλώνεται στα κάτασπρα σεντόνια κι' απάνω από τα κλειστά ματόκλαδα, κι' απάνω από τα χαμόγελα του ύπνου, κι' απάνω απ' την ψυχή του στήθους της, κι' απάνω από ταναιτριχιάσματα των ονείρων της τίποτε δεν ζη, τίποτε δεν ανασαίνει. Και τραγουδεί η Πεντάμορφη μέσα στον ύπνο της: "Όποιος μπορεί να περάση απ' τα μεγάλα κρύσταλλα του παραθυριού και να χυθή και να μ' αγκαλιάση σαν το φως του γαλαξία, αυτός είναι δικός μου".

Την ώρα που λιγοθυμάει το φως στα νυσταγμένα τα λουλούδια, ήλθε ο μάγος, ο λεβέντης και φίλησε την Πεντάμορφη. Και τα λουλούδια δεν ξυπνήσανε τριγύρω από την αγάπη τους και οι πεταλούδες δεν πετάξανε από τα μαλλιά της. Την ώρα που γεμίζουν τα νερά της λίμνης από ροδόφυλλα, ήλθε ο μάγος λεβέντης και φίλησε την Πεντάμορφη. Και ο καθρέφτης των νερών χωρίς ραγισματιά καθρέφτισε το φίλημά του και οι νυμφαίες κρύψανε τα χείλια τους. Την ώρα που πεθαίνει η ζωή μέσα στα μεγάλα σκοτάδια, χύθηκε και πέρασε ο μάγος λεβέντης από τα μεγάλα κρύσταλλα του παραθυριού μαζή με το φως του γαλαξία και αγκάλιασε την Πεντάμορφη απάνω στα κάτασπρα σεντόνια. Και η Πεντάμορφη, μέσα στον ύπνο της, έβλεπε, βαθιά μέσα στη γη, ένα νυφικό κρεββάτι, στρωμένο με λουλούδια.

Η ΕΚΔΙΚΗΣΗ ΤΟΥ ΚΑΜΠΟΥΡΗ

Στο νησί του Λαζαράκη δεν ήταν άλλος καμπούρης απ' αυτόν. Αυτός μόνος και κατάμονος. Όλοι οι άλλοι νησιώτες ήσαν ίσιοι σαν τις λαμπάδες. Κι' ο Λαζαράκης το είχε καϋμό. Όλοι οι άλλοι, οι σακάτηδες και οι σημειωμένοι, είχανε κάποιο σύντροφο να τον βλέπουνε και να παρηγοριούνται. Στραβοί, κουτσοί, κουλλοί, βλογιοκομμένοι, αλλοίθωροι, πιασμένοι, τσεβδοί, τρεμουλιάρηδες, είχανε όλοι το ταίρι τους. Μα καμπούρης ένας ήταν σ' όλο το νησί, θεός σχωρέσ' τον, μόνος και κατάμονος: ο Λαζαράκης.

Περνούσε από τις γειτονιές ο Λαζαράκης να κατεβή στο παζάρι και τα παιδιά τρέχανε από πίσω του και φωνάζανε: "Ο καμπούρης, ο καμπούρης!" Έμπαινε στα μαγαζιά ο Λαζαράκης να ρουφήξη κανένα κρασάκι, και οι παρέες του φωνάζανε: "Ε! Λαζαράκη, βάρδα μη μας ρίξης τη λάμπα". Σήκωνε τα μάτια του να κυττάξη καμμιά όμορφη ο Λαζαράκης και τα κορίτσια μπήγανε τα γέλια: "Της την έκαψες την καρδιά, Λαζαράκη. Την πήρες στο λαιμό σου κι' αυτή...." του φώναζαν από πάνω από τις πεζούλες. Πήγαινε να μεταλάβη τη Μεγάλη Παρασκευή ο Λαζαράκης, μέσα στο ασκέρι, κι' ο παππάς τον αγριοκύτταζε: "Σήμερα βρήκες και συ, χριστιανέ μου, την μέρα να κοινωνήσης; Δεν ερχόσουν την πρώτη βδομάδα .... " τούλεγε. Και ο Λαζαράκης κατάπιν' έναν αναστεναγμό κ' έφευγε. Σε ποιον να πη τον πόνο του; Άλλος καμπούρης δεν ήταν στο νησί.

Τον έτρωγε το μαράζι τον Λαζαράκη. Συχαινότανε όλους τους ίσιους ανθρώπους. Κι' αν βρισκότανε κανένας να του πη:

"Μωρέ θέλεις, Λαζαράκη, να σε κάνω ίσιο σαν τη λαμπάδα, να μη σε περγελάη ο κόσμος;"—"Όχι, αδελφούλη μου, θα του έλεγε. Αν μπορής, κάνε μου και τους άλλους καμπούρηδες να περιγελάμε τους ίσιους, που θ' απομείνουν!" Τέτοιο μαράζι τον έτρωγε τον Λαζαράκη. Και όλη την ώρα, που περπατούσε σκυφτός έσπαζε το κεφάλι του πώς να εκδικηθή τους ίσιους ανθρώπους, πώς να βγάλη το άχτι του.

Ένα πρωί πήρε λίγα παραδάκια, που είχε μαζέψει πεντάρα με την πεντάρα, και πήγε σ' ένα μαρμαρά: "Άκουσε δω, παλικάρι, του λέει. Εγώ έχω το ένα ποδάρι στο λάκκο. Παιδιά δεν έχω, σκυλιά δεν έχω. Πρέπει να φροντίσω μοναχός μου για τα υστερνά μου. Αποφάσισα να φκιάσω το παλάτι μου. Απ' αυτά τα παλάτια που φκιάνεις του λόγου σου κάτω στην Αγιά—Μαρίνα. Θα μου κάμης το μάρμαρό μου και θα γράψης από πάνω: Εδώ αναπαύεται εν Χριστώ ένας καμπούρης". Ο μαρμαράς τον κύτταξε καλά, και άρχισε να σκαλίζη το μάρμαρο.

Πέρασαν χρόνια. Πάει πρώτος ο Λαζαράκης, πάει κι' όλο το νησί του καιρού του, ο ένας πίσω από τον άλλο· τους δέχθηκε όλους η Αγιά—Μαρίνα. Δύο τρία γεροντάκια απομείνανε από την παλιά τη γενεά. Ένα γεροντάκι απ' αυτά ήταν και ο νεκροθάφτης στην Αγιά—Μαρίνα. Έβγαινε το γεροντάκι και περπατούσε ανάμεσα στα μνήματα κ' έκανε χάζι. Θυμότανε τα παλιά του. Κάθε μνήμα ήτανε και μια ιστορία γι' αυτόν. Και καθώς έκανε το σεργιάνι του, στεκότανε και μπροστά στον τάφο του Λαζαράκη. Περνούσαν ο κόσμος και διάβαζαν στο μάρμαρο: "&Εδώ αναπαύεται εν Χριστώ ένας καμπούρης&". Έπειτα γυρίζανε κατά τα άλλα τα μνήματα κι' αρχίζανε τα γέλια : "Όλοι τούτοι οι άλλοι στην αράδα, θα ήσαν ίσιοι στη ζωή τους, μωρέ μάτια μου!"

ΨΕΥΤΡΑ ΑΓΑΠΗ

Ήρθε η νύκτα και το χωριό, σα μια ψυχή, γλυκοκοιμήθηκε στην πλαγιά του βουνού. Ο ύπνος έδεσε στην αγκαλιά του σπίτια, δέντρα και ανθρώπους. Σε λίγο τολοστρόγγυλο φεγγάρι, ήσυχο και βουβό, σα να μην ήθελε να ταράξη τον όμορφον ύπνο, πρόβαλε απ' την ψηλή κορφή και ψήλωσε πάνω απ' τα λευκά σπιτάκια. Το φως του χύθηκε σιγαλό σ' όλα τα γνώριμα μέρη. Πλημμύρησε ολόγυρα, χύθηκε ανάμεσα σε κλαδιά, γλύστρησε στανοίγματα των παραθυριών, κατέβηκε από τις σαθρωμένες στέγες, πέρασε από τρύπες και χαραμάδες και μοίρασε από ένα γλυκό όνειρο σε κάθε κρεββάτι.

Μονάχα στο στρώμα της όμορφης χήρας δεν μπόρεσε ναφήση το χάρισμά του. Καθώς γλύστρησε απ' τη σχισμάδα του παραθυριού, αντίκρυσε δυο μεγάλα μάτια, ορθάνοικτα, γεμάτα δάκρυα. Φίλησε τα δάκρυά της και της χάιδεψε το χλωμό πρόσωπο.

—Γιατί δεν κοιμάσαι, όμορφη χήρα; Σούφερα ένα γλυκό όνειρο…

—Ο ύπνος έφυγε από τα βλέφαρά μου και τόνειρό μου το βλέπω μ' ανοικτά τα μάτια…

Η όμορφη χήρα συλλογιζότανε τον καλό της, που την άφησε κ' έφυγε τόσο βιαστικά, λέγοντάς της πως θα ξαναγυρίση και δεν ξαναγύρισε. Και δεν ξαναγύρισε γιατί ο Χάρος τον βρήκε στο δρόμο του και τον πήρε μαζή του. Σαν είδε το φεγγάρι, αντρείεψε ο καϋμός της.

—Φεγγαράκι μου, δείξε μου το δρόμο, να πάω να βρω τον καλό μου.

Το φεγγαράκι χάιδεψε τα ξανθά της μαλλιά με καλοσύνη.

Τότες η όμορφη χήρα σκούπισε το δάκρυά της, πετάχτηκε απ'

το στρώμα, φόρεσε τα μαύρα της ρούχα, σκέπασε το ξανθό της κεφάλι με τη μαύρη μαντήλα και βγήκε σαν ήσκιος απ' την πόρτα.

—Φεγγαράκι μου, δείξε μου το δρόμο, να πάω να βρω τον καλό μου.

Ο καλός της, δυο χρόνια τώρα, κοιμότανε έρημος και μονάχος κι' αυτός, κάτω απ' το ψηλό το κυπαρίσσι, στην αυλή του μοναστηριού. Η όμορφη χήρα πέρασε στενά και σταυροδρόμια, πέρασε χωράφια και ρεματιές, για να φτάση στον καλό της, να τον συντροφέψη όλη τη νύχτα, να του πη τα μυστικά της αγάπης.

Το φεγγάρι της έδειξε το δρόμο και την έφερε ως την πόρτα του μοναστηριού. Τα πουλιά και τα κυπαρίσσια τη γνωρίσανε από μακρυά και την καλοδέχτηκαν μ' αγάπη και ψυχοπόνια.

Σαν εμπήκε, μαυροντυμένη νυφούλα, στην αυλή του μοναστηριού, προχώρησε αλαφροπατώντας στο παχύ χορτάρι και στάθηκε μπροστά στο μνήμα του καλού της. Τα δάκρυά της τρέχανε σιγαλά μέσα στο φως κάτω απ' τη μαύρη μαντήλα, όπως τρέχανε κάτω απ' το λευκό πέπλο, την ώρα του γάμου. Κάθισε στη ρίζα του κυπαρισσιού κι' αγκάλιασε την πέτρα του τάφου. Το άσπρο και χλωμό της χέρι χάιδεψε γλυκά κι' αλαφριά την κρύα πέτρα, σαν κορμί αγαπημένο.

—Πώς είσαι κρύος, αγάπη μου, σαν το μάρμαρο! Το αγιάζι της νύκτας σε πάγωσε, καλέ μου…

Έσκυψε και ζέστανε την πέτρα με την αναπνοή της.

Ένα αηδονάκι, που είχε ξυπνήσει απ' το φως του φεγγαριού και τίναζε τις φτερούγες του απάνω στο ψηλό κλαδί, ψυχοπόνεσε την όμορφη χήρα και της είπε με ψιλή φωνούλα:

—Άδικα κλαις και δέρνεσαι, όμορφη χήρα. Ο καλός σου δεν σ' ακούει, γιατί ο καλός σου δεν είν' εδωπέρα.

Η όμορφη χήρα ξαφνιάστηκε από τη φωνούλα του αηδονιού.

—Καλό μου πουλί, του είπε. Εσύ που συντροφεύεις τον καλό μου και νανουρίζεις τον ύπνο του, για πες μου πού βρίσκεται, για να πάω να τονέ βρώ.

Το αηδόνι ξαναλάλησε με καλοσύνη:

—Κάθε νύχτα ο καλός σου σηκώνεται απ' το χώμα, φεύγει μακρυά και με την αυγή ξαναγυρίζει.

Η όμορφη χήρα λαχτάρησε από αγάπη.

—Για πες μου, καλό πουλί, του ξαναείπε. Εσύ που βλέπεις μακρυά, απ' το ψηλό κλαδί σου, για πες μου, πού πάει ο καλός μου;

—Αλλοίμονο! Δεν ξέρεις, φτωχή γυναικούλα, πού πάνε οι πεθαμένοι; Όταν η νύχτα απλωθή απάνω στα μνήματά τους, πάνε και βρίσκουν τις αγάπες τους.

—Κακό πουλί! είπε μ' έναν αναστεναγμό η όμορφη χήρα. Κακό πουλί, γιατί παίζεις με τον πόνο μου; Εγώ είμαι η αγάπη του και πέρασαν νύχτες και νύχτες κι' ο καλός μου δεν ήρθε να με βρη.

Το αηδόνι ψυχοπόνεσε την όμορφη χήρα και της ξαναμίλησε με γλυκύτερη φωνούλα:

—Αν είσαι εσύ η αγάπη του, ο καλός σου έφυγε βιαστικός για να σ' ανταμώση. Γύρισε στο σπίτι σου και στρώσε το νυφικό σου κρεββάτι, πριν προβάλη η αυγούλα. Γιατί, αν αργήσης ακόμα, δε θα προφτάσης τον καλό σου.

Η όμορφη χήρα αναστέναξε πάλι.

—Για πες μου, καλό πουλί, εσύ που βλέπεις μακρυά, απ' το ψηλό κλαδί σου, ποιο δρόμο πήρε ο καλός μου, για να τον συντύχω στο δρόμο να τον συντροφέψω στο φτωχικό μας. Είναι δυο χρόνια που λείπει και θα ξέχασε το σπίτι του και θα γυρίζη μες στην άγρια νύκτα σαν κολασμένος. Πες μου, καλό πουλί, ποιο δρόμο πήρε, για να πάω να τον συντύχω.

Το αηδόνι κατέβηκε ένα κλαδί χαμηλότερα και ξαναείπε στην όμορφη χήρα:

—Βλέπεις το μεγάλο δρόμο με τις ψηλές τις λεύκες; Αποκεί πήγε ο καλός σου. Πέρασε τη ρεματιά σαν αστραπή και σταμάτησε κοντά στη μαρμαρένια βρύση. Εκεί, κάτω από δυο γέρικες βαλανιδιές, είναι το σπίτι της καλής του.

Η όμορφη χήρα έβαλε ένα βαθύν αναστεναγμό και σωριάσθηκε στο χώμα. Ταναφυλλητά του στήθους της γεμίσανε τον αέρα.

—Αλλοίμονο! στέναξε βαθιά. Αλλοίμονο, είπε μέσα της, σ' εμένα! Αυτό το σπίτι δεν είναι το δικό μου. Αυτό το σπίτι είναι της ξελογιάστρας που ξελόγιασε τον άντρα μου. Και τώρα σηκώνεται απ' το χώμα και πάει και τηνέ βρίσκει. Αλλοίμονο σ' εμένα!...

Το καλό πουλί δεν άκουσε τα παράπονα της χαροκαμένης. Μόνο σαν την είδε να κλαίη και να δέρνεται, πήδησε ένα κλαδί παρακάτω, έσκυψε πάνω απ' το κεφάλι της και της είπε:

—Γιατί κλαις και δέρνεσαι, όμορφη χήρα; Αργεί ακόμα η αυγή. Σύρε στο σπίτι σου και στρώσε το νυφικό σου κρεββάτι, για να σε προφτάση ο αγαπημένος σου.

Η όμορφη χήρα αναστέναξε και είπε:

—Καλό πουλί, το νυφικό μου κρεββάτι τόχω στρωμένο εδώ πέρα. Θα τον περιμένω ως που να γυρίση...

Το αηδόνι πήδησε πάλι στο ψηλό του κλαδί και σώπασε.

Όταν ήρθε η αυγούλα, η όμορφη χήρα ήτανε ακόμα ξαπλωμένη στη ρίζα του κυπαρισσιού. Και δεν ξύπνησε πια. Ανοίξανε ένα λάκκο δίπλα στον άλλο και τη βάλανε να κοιμηθή κοντά στον καλό της.

Το ψηλό κυπαρίσσι σαλεύει λυπητερά πάνω στα ζευγαρωτά τα μνήματα. Κι' ο κόσμος που πλημμυρίζει το μοναστήρι, κάθε γιορτή και κυριακή, μακαρίζει τα δυο ταγαπημένα, που κοιμούνται αχώριστα πλάι—πλάι. Κ' οι αρραβωνιασμένοι με τα ταίρια τους, σα θέλουν να πιάση ο όρκος τους και να ριζώση ο έρωτάς τους, έρχονται κι' αμόνουν απάνω στις δυο ταφόπετρες.

Μόνο ταηδόνι στο ψηλό κλαρί μυρολογάει και λέει. Μυρολογάει και λέει το μυρολόι της ψεύτρας της αγάπης.

Η ΠΟΛΙΤΕΙΑ ΤΗΣ ΣΙΩΠΗΣ

Στο μάρμαρο ενός ερημικού τάφου κάθονται δυο ανθρώποι, Το παλιό, κιτρινισμένο μάρμαρο μέσα στο φως του φεγγαριού, λάμπει κατάλευκο σα χιόνι. Το φεγγάρι βαλσαμώνει και κάνει σαν ψεύτικη όλη την εξοχή ολόγυρα, τα δέντρα, τα σπιτάκια, τον παλιό μεσαιωνικό πύργο, την ασάλευτη λίμνη. Οι δυο ανθρώποι κάθονται απάνω στο λευκό μάρμαρο. Ο ένας είναι γέρος με κάτασπρα μαλλιά και μακρινά χιονισμένα γένεια. Ο άλλος είναι ένα παιδί με σγουρά κατάξανθα μαλλιά. Ο γέρος λέει στο παιδί:

—Κάτω απ' αυτό το μάρμαρο κοιμάται ο φιλόσοφος που είδε το θαύμα.

Το παιδί χαϊδεύει τα λευκό μάρμαρο με τα παχουλά χεράκια του.

Ο γέρος ανιστορεί το παραμύθι του φιλοσόφου.

Μέσα στον ψηλό πύργο καθότανε ένας γέρος φιλόσοφος. Ο γέρος φιλόσοφος κοιμάται τώρα κάτω απ' το λευκό μάρμαρο. Κι' ο πύργος από τότε έμεινε έρημος. Κανένας δεν ήρθε να καθίση εκεί μέσα, ούτε κανένας περνάει σιμά του.

Ο φιλόσοφος ήτανε κλεισμένος χρόνια και χρόνια μέσα στον πύργο του. Ζούσε ολομόναχος μέσα σε παλιά βιβλία, τριγυρισμένος από παράξενα εργαλεία, από μεγάλους χάρτες, φαρμάκια και νεκροκεφαλές. Ολόγυρα στους τοίχους ήτανε, κρεμασμένα μέσα σε παχειά σκόνη, σαύρες ξεραμένες, πουκάμισα φιδιών, ξερά βότανα και κάθε λογής μάγια. Και τα ψηλά κυπαρίσσια, ψηλότερα απ' τον πύργο, πνίγανε ολοτρόγυρα μ' ένα μαύρον ήσκιο τους τοίχους και τα παράθυρα.

Κλεισμένος μέσα στον πύργο του ο φιλόσοφος, ζητούσε να πλάση με τη φαντασία του, με τη σοφία και την αγάπη, που κρυφόκαιγε κάτω απ' την παχειά στάχτη της καρδιάς του, ζητούσε να πλάση μια Πολιτεία. Μια Πολιτεία που κανένας φιλόσοφος δεν την είχε ονειρευθή ως τώρα.

Ο πύργος, απάνω στον ψηλό λόφο, ήτανε σα σκιάχτρο. Κανένας δε ζύγωνε κοντά του. Και κανένας δεν είχε ιδεί ποτέ τον γέρο—φιλόσοφο που καθότανε ολομόναχος ανάμεσα στα παλιά βιβλία, στις ξεραμένες σαύρες και τις νεκροκεφαλές. Λέγανε μόνο πως ο γέρο—φιλόσοφος δεν είχε ιδεί ποτέ του τον κόσμο, δεν αγαπούσε τους ανθρώπους και δεν είχε γνωρίσει την αγάπη. Και λέγανε ακόμα πως σαν εγέρασε πολύ και είδε μέσα στους χάρτες και τα βιβλία, πως ο Χάρος έρχεται να τονέ πάρη, αποθύμησε τη ζωή κι' αποζητούσε τους ανθρώπους κ' ήθελε να γνωρίση την αγάπη. Κι' όσοι περνούσαν μακρυά απ' τον πύργο τα μεσάνυκτα λένε πως άκουγαν μια ραγισμένη φωνή που τραγουδούσε λόγια της αγάπης.

Αυτός ήτανε ο φιλόσοφος που είδε το θαύμα. Τώρα κοιμάται κάτω απ' αυτό το μάρμαρο. Ένα βράδυ το γεμάτο φεγγάρι πρόβαλε από τον αντικρυνό λόφο. Υψώθηκε ανάμεσα απ' τις ψηλές λεύκες κ' ύστερα σταμάτησε καταμεσής τουρανού και καθρεφτιζότανε μες στα νερά της λίμνης. Τότε ο γέρο—φιλόσοφος ξεπρόβαλε απ' το ψηλό αψιδωτό παραθύρι. Το φως του φεγγαριού έπεσε πάνω στα λευκά του μαλλιά, στο πλατύ του μέτωπο, στα μακρυά χιονισμένα του γένεια και γλύστρησε ως την ψυχή του. Ο γέρο—φιλόσοφος ένοιωσε τότε τα γέρικα στήθια του να πλημμυρούνε από ένα κατάλευκο φως. Κι' αναστέναξε.

Ο αναστεναγμός του δεν ακούσθηκε. Ένα αηδόνι, που τραγουδούσε μέσα στα κλαδιά του κυπαρισσιού, βουβάθηκε κι' αυτό. Το αλαφρό φλοίσβημα του νερού έσβυσε γλυκά στις όχθες της λίμνης. Το μακρυνό παράπονο του κούκου σώπασε. Όλους τους ήπιε το φως του φεγγαριού.

Τότε μέσα στο φως του φεγγαριού ένας κόσμος γεννήθηκε. Ο

κάμπος γέμισε από κατάλευκες σκιές. Οι σκιές απλώθηκαν ολόγυρα κ' έγιναν ασπροντυμένες παρθένες με χρυσά μαλλιά στους κατάλευκους ώμους, και παλικάρια ψηλά και λεβέντικα, με ασημένιες φορεσιές. Τα παλικάρια αγκάλιασαν τις παρθένες και στήσανε χορούς απάνω στο ανθισμένο χορτάρι. Κανένα τραγούδι δεν εφτέρωνε τανάλαφρα πόδια, μα τα ωραία κινήματα μοιάζανε σαν μουσική και τανεμίσματα των πέπλων μέσα στο φως μοιάζανε με τραγούδι.

Ζευγάρια ζευγάρια ήσανε ξαπλωμένα κάτω απ' τις ασημένιες λεύκες. Ένας νέος ακουμπούσε το ωραίο κεφάλι πάνω στα λευκά στήθια μιας κοπέλλας και είχε τα μάτια του κλειστά και τα χείλια καρφωμένα. Μια κοπέλλα αγκαλιασμένη μ' ένα παλικάρι το κύτταζε γλυκά στα μάτια και τα χείλια τους στέκανε κλειστά σαν μπουμπούκια τριανταφυλλιάς. Και τα βουβά χείλια μοιάζανε σα να μιλούσανε λόγια της αγάπης. Μέσα στα νερά της λίμνης περνούσε ένα μονόξυλο. Τα κουπιά του σχίζανε το γαλάζιο νερό. Και το νερό δεν είχε φλοίσβο κανένα, μόνο ροφούσε το φως με βουβή λαχτάρα. Απάνω στο μονόξυλο μια νεράιδα ψηλή κρατούσε ανάερα μια κιθάρα. Οι χορδές κάτω από τα λευκά της δάκτυλα στάζανε τα μυστικά μάγια στης λίμνης τα νερά.

Τότε ο γέρο—φιλόσοφος κατέβηκε απ' τον ψηλό πύργο. Μέσα στα σκοτεινά του στήθια ένοιωθε να πλημμυρή ένα κατάλευκο φως. Άφησε τα σκονισμένα βιβλία, τις σαύρες και τις νεκροκεφαλές. Και κατέβηκε κάτω στον κάμπο. Τα πόδια του ήτανε αλαφρυά και το κορμί του πουπουλένιο. Κι' ο φιλόσοφος αναστέναξε απ' τα βάθη της καρδιάς του. Μα ο αναστεναγμός του δεν ακούσθηκε. Τον ήπιε το φως του φεγγαριού. Τότε δύο χέρια αρπάξανε τα δικά του και τον σύρανε στον ωραίο χορό. Όλη τη νύκτα χορεύανε κάτω απ' το φεγγάρι. Κι' ο φιλόσοφος θαρρούσε πως ονειρεύεται. Γιατί δεν είχε γνωρίσει ποτέ του τη ζωή και την αγάπη.

Όταν κουράσθηκε να χορεύη, η πιο όμορφη από τις κοπέλλες πέρασε το λευκό της χέρι γύρω από τη μέση του και τον έσυρε παράμερα κάτω από τις ψηλές λεύκες. Περπατούσαν αμίλητοι απάνω στο μαλακό χορτάρι και δεν άκουγαν τα βήματά τους. Ύστερα η ξανθή κοπέλλα τον έφερε δίπλα σε μια βρύση. Το κρυσταλλένιο νερό της βρύσης κυλούσε σαν φως απάνω στα πυκνά πολυτρίχια, βουβό, χωρίς κανένα γαργάρισμα. Η ξανθή κοπέλλα έβαλλε τις φούχτες κάτω απ' τη βρύση και τα λευκά της χέρια ξεχείλισαν σαν ασημένιο ποτήρι. Ο φιλόσοφος έσκυψε στο ωραίο ποτήρι κ' έσβυσε τη δίψα του με νερό και με φιλήματα.

Κι' ο φιλόσοφος νόμιζε πως ονειρεύεται... Ύστερα ξαπλώθηκαν απάνω στη δροσερή χλόη. Το φεγγάρι ήτανε σταματημένο απάνω απ' τα κεφάλια τους και τους έλουζε με το φως του. Τα μάτια της κυττάζανε τα δικά του και τα μάτια τους λέγανε λόγια αγάπης. Ο φιλόσοφος έγυρε τότε το άσπρο του κεφάλι απάνω στα γυμνά στήθη της κοπέλλας. Μα η καρδιά της δε κτυπούσε. Μόνο το στήθος ανεβοκατέβαινε σιγά σαν ελαφρό κυματάκι. Κι' ο φιλόσοφος θαρρούσε πως ονειρεύεται, γιατί ποτέ του δεν είχε γνωρίσει τη ζωή και την αγάπη. Η κοπέλλα τότε έσκυψε αποπάνω του. Τα χείλια της ήσαν σιμά στα δικά του. Ανάμεσα στα δυο χείλια ένα φιλί πετούσε σα λευκή πεταλούδα που ζητούσε ένα κόκκινο άνθος να ξεκουρασθή. Μ' ένα τρεμουλιαστό πέταμα κάθισε πρώτα στα χείλια της κοπέλλας. Κ' ύστερα κάθισε στα χείλια τα δικά του. Η πεταλούδα πετούσε τρελλή από το ένα λουλούδι στο άλλο. Και δεν ακούσθηκε κανένας ήχος φιλιού στον αέρα, γιατί το φως του φεγγαριού ήπιε το φιλί τους. Κι' ο φιλόσοφος θαρρούσε πως ονειρεύεται...

Και μέσα στόνειρό του καμάρωνε την παράξενη Πολιτεία, που ένας αμίλητος θεός την είχε πλάσει κάτω απ' το φως του φεγγαριού. Οι ευγενικοί ρυθμοί, τα ωραία κινήματα, οι πλαστικές ομορφάδες, έπλαθαν έτσι νέες μυστικές μελωδίες κ' έδεναν ασύγκριτα σε μια σιωπηλήν ορχήστρα τις πνευματικές αρμονίες της ζωής. Ο λησμονημένος Ήχος του φάνηκε τότε σα μια βάρβαρη έκφραση πεθαμένου κόσμου κι' ο λόγος σαν ένα πρωτόγονον όργανο μιας πεθαμένης κοινωνίας. Το πνεύμα του έκανε καινούργια φτερά μέσα στην απόλυτη σιωπή και το αίσθημά του έπαιρνε τώρα μιαν υπεράνθρωπη, ευγενική μορφή μέσα στο πλαστικό πανηγύρι. Η απόλυτη ευτυχία πλημμύρησε τα στήθη του. Και τα χείλια του κολλημένα στα χείλια της λευκής παρθένας, με τη δίψα μιας αλάκερης ζωής, ρουφούσαν, ενωμένα σ' ένα νεκταρικό πιοτό, τη ζωή και το θάνατο.

Το πρωί οι χωριάτες, που πήγαιναν στα χωράφια, βρήκανε το γέρο—φιλόσοφο ξαπλωμένο στην όχθη της λίμνης. Το πρόσωπό του ήτανε γελαστό και ήμερο. Το νερό έβρεχε τα πόδια του. Τα μάτια του ήτανε κλειστά και το μέτωπό του λευκό και κρύο σα μάρμαρο. Σα μιαν ασπράδα απ' το φως του φεγγαριού είχε μείνει απάνω στην όψη του. Κι' απάνω απ' το κλεισμένο του στόμα μια λευκή πεταλούδα, ένα φτερωτό φιλί πλανημένο απ' τη μαγική νύκτα, σάλευε τα φτερά της σα να ήθελε ν' αναπαυθή στα χλωμά του χείλια. Μακριά μέσα στη μέση της λίμνης το μονόξυλο έρημο γλυστρούσε απάνω στα ήσυχα νερά. Ο φιλόσοφος δεν ξύπνησε από τότε.

Στο μάρμαρο του έρημου τάφου κάθονται δυο ανθρώποι. Το παλιό κιτρινισμένο μάρμαρο μέσα στο φως του φεγγαριού φαίνεται κατάλευκο σα χιόνι. Κι' ο γέρος λέει στο παιδί:

—Κάτω απ' αυτό το μάρμαρο κοιμάται ο φιλόσοφος που είδε το θαύμα.

Το παιδί χαϊδεύει το λευκό μάρμαρο με τα παχουλά του χεράκια.

Κι' ο γέρος ανιστορεί την ιστορία του φιλοσόφου.

Η ΣΤΕΡΝΗ ΑΓΑΠΗ ΤΗΣ ΔΡΟΣΟΥΛΑΣ

Τη λέγανε Δροσιά και Δροσούλα. Σιγά—σιγά τα νιάτα της στραγγίσανε, τα μάτια της βαθούλωσαν απ' τα δάκρυα της κακορροΐζικης ζωής, το πετσί της γέμισε ζαρωματιές, τα μαλλιά της ασπροκιτρίνισαν σα λερωμένο μπαμπάκι, σκέβρωσε το κορμί της κ' η δροσιά της σβύστηκε. Και τη λέγανε ακόμα Δροσιά και Δροσούλα. Και καθώς έβλεπε κανένας τα κρύα γερατειά και καθώς άκουε τόνομά της, μια διπλή ανατριχίλα περέχυνε το κορμί του.

Ήτανε ογδόντα χρονών η Δροσούλα κ' είχε το ένα πόδι της στον τάφο. Μα κι' αν της έλεγε κανένας πως θα ξαναγεννηθή και θα ξαναζήση την ίδια της ζωή, θάβαζε γλήγορα και το άλλο πόδι της στο λάκκο να μη ξαναϊδή τέτοια ζωή. Γιατί μέσα στα ογδόντα χρόνια της η Δροσούλα δεν είδε μια καλήν ημέρα. Κι' αν είδε καμμιά, την εξέχασε.

Δεν γνώρισε ποτέ της καλό, ούτε από αγίους ούτε από ανθρώπους. Γιατί; Κι' αυτή δεν μπορούσε να καταλάβη. Με τα τουλούμια έκαψε το λάδι στους αγίους και με τα καντάρια ταγιοκέρια. Και στους ανθρώπους ήτανε πάντα γλυκομίλητη, καλή και πονετικιά. Γι' αυτό δεν μπορούσε να καταλάβη την έχθρα τους. Μα ούτε ζητούσε να καταλάβη. Έκανε το σταυρό της κ' έλεγε : "Δόξα σοι ο Θεός. Μη χειρότερα". Και καθεμέρα ήτανε χειρότερα και τρις χειρότερα.

Όταν παντρεύτηκε, ορφανή κ' έρημη, ένα όμορφο κι' άξιο παλικάρι, είπε πρώτη φορά μέσα της με καμάρι: "Ας μου χαρίση ο Θεός τον καλό μου και να ξεχάσω όλες τις πίκρες μου". Σα να στραβοάκουσε ο Θεός την προσευχή της, μέσα σε δύο χρόνια της τον πήρε αφίνοντάς την χήρα με δυο ανήλικα παιδιά, ένα κοριτσάκι κ' ένα αγόρι. "Δόξα σοι ο Θεός και μη χειρότερα", είπε. Κάθε βράδυ, σαν κοίμιζε τα δυο τα ορφανά της, άναβε το καντήλι στους Άγιους Ανάργυρους κ' έλεγε απομέσα της: "Άγιοι μου Ανάργυροι, χαρίστε μου τα δυο μου αγγελούδια και να ξεχάσω όλες μου τις συφορές, να ξεχάσω και τον καλό μου, πούφυγε και μ' άφησε δυο χρονώνε χήρα". Λες και παρακάλεσε τους αγίους όχι να της χαρίσουνε, μα να της χωρίσουνε το αγαπημένο ζευγαράκι. Πέντε χρονών πέφτει στο στρώμα το κορίτσι και δεν ξανασηκώνεται. "Δόξα σοι ο Θεός και μη χειρότερα", είπε πάλι η Δροσούλα. Και άμα στεγνώσανε τα δάκρυά της, πήρε τον μοναχογυιό της στην αγκαλιά και τον πήγε στην εκκλησία, ανήμερα του Άη—Στυλιανού, που βαστάει ένα παιδί στην αγκαλιά του και διαφεντεύει όλα τα παιδιά της χριστιανοσύνης. Απίθωσε τον μοναχογυιό της κάτω απ' την εικόνα, άναψε ένα κερί ίσα με το μπόι του στον άγιο και παρακάλεσε γονατιστή: "Άη—Στυλιανέ μου, σωτήρα των παιδιών του κόσμου, λυπήσου με κ' ελέησέ με. Σου παραδίνω το μονάκριβό μου. Βάλε το χεράκι σου απάνω του, να ζήση και να μεγαλώση, να μοιάση του πατέρα του". Αυτά είπε η φτωχή η Δροσούλα, ποτίζοντας με δάκρυα τις πλάκες της εκκλησιάς. Λες και είπε του αγίου να της πάρη και το μονάκριβό της και να την αφήση έρημη και σκοτεινή στον κόσμο. Μέσα στο χρόνο αρρώστησε ο μοναχογυιός της και μέσα στο χρόνο την άφηκε και πέταξε απ' την αγκαλιά της. "Δόξα σοι ο Θεός!", ξαναείπε πάλι η Δροσούλα, τρελλή απ τον καϋμό της και τα μάτια της τρέχανε σα βρύσες. Δεν είπε πια: "Μη χειρότερα!". Γιατί χειρότερη συφορά δεν ήτανε άλλη στον κόσμο.

Σαν έμεινε μόνη στον κόσμο η Δροσούλα, κάθε βράδυ γονάτιζε μπροστά στην εικόνα της Παναγιάς, έκανε μετάνοιες απάνω σε μετάνοιες και παρακαλούσε κ' έλεγε: "Παναγιά μου Παρθένα, πάρε με τώρα να πάω να βρω ταγαπημένα μου. Ο κόσμος έγινε τάφος για μένα και κόσμος μου είνε ο τάφος, που κοίτονται ταγαπημένα μου. Η Παναγία την κύτταξε μ' ένα γλυκό χαμόγελο απ' το ψηλό εικονοστάσι, σαν να συμπονούσε τη συφορά της. Μέρα με τη μέρα η Δροσούλα περίμενε τον θάνατο και κάθε βράδυ, κλείνοντας τα μάτια της, είχε την ελπίδα πως δεν θα τα ξανανοίξη πια. Και κάθε πρωί που ο ήλιος την ξυπνούσε, βαρυγκομούσε μέσα της κ' έλεγε: "Αλλοίμονο! Εγώ έλεγα πως είμαι πεθαμένη και πάλι στον κόσμο βρίσκομαι". Λες και είχε παρακαλέσει την Παναγιά να την αφήση κορακοζώητη στον κόσμο. Και κορακοζώητη έμεινε. Ογδόντα χρόνων έφτασε, ποτίζοντας το χώμα με τα δάκρυά της, γεμίζοντας τον αέρα με τους αναστεναγμούς της, ως που στερέψανε κ' οι βρύσες των ματιών της κι' ως που δεν της έμεινε ούτε πνοή ν' αναστενάξη.

Έτσι γύριζε μέσα στην Πολιτεία, σκιάχτρο και σύχαμα, κάτω απ' την απονιά τουρανού και μες στην καταφρόνια των ανθρώπων η γρηά—Δροσούλα. Μέσα στο καλύβι της ούτε καντήλι είχε να της φέξη—τουλούμια είχε κάψει το λάδι στους αγίους—ούτε φωτιά να πυρωθή, ούτε ψυχή να την κυττάξη. Σιγά—σιγά καθώς σκέβρωσε το κορμί της δεν μπορούσε να σταθή στα κοκκαλιάρικα πόδια της κι' όλο έγερνε να πέση με τα μούτρα στο χώμα. Μα το χώμα δεν την ήθελε. Χίλιες φορές έπεσε προύμυτα στη γη και χίλιες φορές τη σηκώσανε πάλι οι διαβάτες. Δεν είχε ούτε ένα ραβδί ν' ακουμπήση τα γηρατειά της. Τότε κάποιος τη λυπήθηκε, πήρε ένα χοντρό κλαδί αγριελιά, το πελέκησε, τώκοψε και της το χάρισε να σέρνη το γέρικο κουφάρι της.

Το φτωχικό ραβδί έγινε τώρα ο μοναχός σύντροφος της γρηάς Δροσούλας. Δεν τάφινε απ' το χέρι της. Μ' αυτό σερνότανε απάνω στα καλδερίμια του νησιού, μ' αυτό κτυπούσε τις πόρτες, γυρεύοντας το ψυχικό των χριστιανών, μ' αυτό έδιωχνε τα μαντρόσκυλα που χυμούσανε να την ξεσχίσουν. Κ' όταν έπεφτε το βράδυ να κοιμηθή τώβαζε πάντοτε στο πλάι της, συντροφιά και παρηγοριά της, γιατί δίχως αυτό δεν μπορούσε να σηκωθή απ' το στρώμα. Σιγά—σιγά το αγάπησε σαν άνθρωπο. Σαν άνοιγε τα μάτια της, η πρώτη της ματιά έπεφτε στο ραβδί της, χαϊδευτική και παραπονεμένη. Και το κοκκαλιάρικο χέρι της άπλωνε λες μοναχό του κ' έπιανε το ξερό ραβδί και το πασπάτευε μέσα στο σκοτάδι, σα να χάιδευε ανθρώπινο χέρι. Και το ραβδί πάλι, μολονότι που ήτανε ξύλο, φαινότανε να τη συμπονάη και να τη λυπάται, περισσότερο απ' τους αγίους και τους ανθρώπους. Σιγά—σιγά σκέβρωσε κι' αυτό, λίγυσε και κουλούριασε, σαν να ήθελε μοναχό του να γίνη πιο περιποιητικό και να στηρίζη πιο βολικά το σακάτικο κορμί της κυράς του. Έτσι μιαν ανθρώπινη αγάπη έλεγες πως έδενε το ξύλο με τον άνθρωπο. Η γρηά—Δροσούλα μέσα στη δυστυχία της ξέχασε με τον καιρό όλα ταγαπημένα της, που της πήρε ο χάρος κι' ο καιρός, κ' είχε μόνη παρηγοριά κ' ελπίδα το πονετικό ξύλο. Ήτανε η υστερνή της αγάπη. Μα τα χείλια της ποτέ δεν είπανε λόγο ή ευχή για τον στερνό σύντροφο της.

Φοβότανε, μήπως η ζηλιάρα η Μοίρα της πάρη και τη στερνή της αγάπη, όπως της πήρε και τις πρώτες.

Η ΚΑΡΔΙΑ ΤΗΣ ΚΟΥΚΛΑΣ

Πώς αγάπησε τον Παύλο η Παυλίνα κι' αυτή δεν το κατάλαβε. Ίσως γιατί μοιάζανε τα ονόματά τους και της φαινότανε αστείο να τον λέη Παύλο κ' εκείνος να τη φωνάζη Παυλίνα. Μερικές αγάπες πλέκονται έτσι από τιποτένιες αιτίες. Ίσως πάλι γιατί οι νύκτες εκείνου του καλοκαιριού ήτανε δροσερές και διάφανες, κοντά στακρογιάλι, κ' οι αστροφεγγιές χύνανε παράξενα μάγια στην ωραίαν εξοχή. Ίσως πάλι να την είχε μεθύσει κάποια βραδυά, ύστερ' απ' την κολοκαιρινή βροχούλα, η μυρωδιά της γης και του θερισμένου γρασιδιού. Ο Παύλος κάθε βράδυ περνούσε από το σπίτι τους σκυφτός και συλλογισμένος κ' εκείνη καθότανε πάντα κάτω στο περιβόλι, μ' ένα εργόχειρο στο χέρι. Το βήμα του Παύλου ακουότανε πάντα την ίδιαν ώρα, σιγαλό και ρυθμικό, στην ώρα του δειλινού κ' ύστερα η σκιά του περνούσε όξω απ' τα ψηλά κάγκελα του κήπου, αφίνοντας ένα συνεφάκι καπνού από τσιγάρο νανεβαίνη αλαφρυά στον ήσυχον αέρα. Η Παυλίνα έκανε χάζι το μικρό συνεφάκι που ανέβαινε απάνω απ' την περαστική σκιά κ' ύστερα έσβυνε και σκορπούσε σαν να μην ήτανε. Ίσως να τον αγάπησε και γι' αυτό. Ποιος ξέρει;

Η Παυλίνα είχε μια μεγάλη κούκλα, που, λίγα χρόνια πριν, ήτανε ίσα με το μπόι της. Σιγά—σιγά την ξεπέρασε και σαν έγινε δυο φορές σαν την κούκλα της, τα μάτια της άρχισαν να γυαλίζουν περισσότερο απ' τα γυάλινα μάτια της κούκλας και το μικρό της στήθος να παίρνη μιαν όμορφη στρογγυλάδα, που δεν την είχεν η κούκλα της. Τότε βαρέθηκε τη μικρή κερένια φιλενάδα της και την άφησε παραπονεμένη σε μια παλιά πολυθρόνα. Ένα βράδυ ύστερ' από μια ψιλή βροχούλα, που το χώμα κ' οι θημωνιές σκορπίζανε μια δυνατή μυρωδιά, η Παυλίνα ένοιωσε την καρδιά της να κτυπάη μέσα στο στήθος της. Της φάνηκε παράξενο και πήγε στη λησμονημένη κούκλα της να ιδή αν κτυπούσε κ' η δική της η καρδιά. Το ίσιο και στρωτό, το κερένιο στήθος της φιλενάδας της, ήτανε απάλευτο σαν πάντα. Η Παυλίνα τράβηξε μια χρυσή καρφίτσα απ' τα μαλλιά της και τρύπησε άπονα το στήθος της κούκλας, για να ιδή αν είχε καρδιά μέσα της. Δεν βγήκε σταλαγματιά αίμα. Η καημένη η κούκλα δεν είχε καρδιά. Την άφησε τότε στη γωνιά της και την ξαναξέχασε. Δεν έπαιζε πια μαζί της και την ώρα του δειλινού κατέβαινε κάτω στο περιβόλι και ξαπλονώτανε σ' έναν ψάθινο καναπέ, κυττάζοντας τη θάλασσα και περιμένοντας να περάση η σκιά με το μικρό συνεφάκι του τσιγάρου. Και καθώς δεν είχε τι να κάνη και βαρυότανε ξαπλωμένη απάνω στον ψάθινο καναπέ, ίσως να τον αγάπησε και γι' αυτό τον Παύλο. Ποιος τα ξέρει αυτά τα πράματα!

Και τον αγάπησε με τα καλά της. Κι' ο Παύλος την αγάπησε κ' εκείνος γιατί ήτανε ξανθή και λυγερή και μιλούσε γλυκά και χαϊδεμένα και τα μάτια της λάμπανε, σαν αστεράκια στο απόβροχο, και το στήθος της σάλευε σαν κυματάκι· την αγάπησε ακόμα για τόσα άλλα πράματα που κανένας δεν τα ξέρει. Έτσι, χωρίς να το καταλάβουν και μόνοι τους, αγαπηθήκανε ο Παύλος κ' η Παυλίνα και γινήκανε ταίρι. Οι καρδιές τους κτυπούσαν τώρα πολύ κοντά η μια με την άλλη και κυττάζανε κ' οι δυο με γέλια και πειράγματα την κερένια κούκλα, που είχε τόσα κάλλη η καϋμένη και μόνο καρδιά δεν είχε.

Ο Παύλος έδωκε ό,τι είχε στην Παυλίνα κ' εκείνη καθεμέρα του ζητούσε ένα καινούργιο χάρισμα.

—Δος μου τα μάτια σου, Παύλο. Να είναι δικά μου και μόνο δικά μου και να μη βλέπουνε τίποτε άλλο στον κόσμο από μένα.

—Χάρισμά σου! της είπε ο Παύλος.

Κι' απ' τη στιγμήν εκείνη δεν είδε τίποτε άλλο στον κόσμο απ' την Παυλίνα, ούτε τον ουρανό, ούτε τη θάλασσα, ούτε τάστρα, ούτε τα λουλούδια, γιατί όλα τα ζήλευε η Παυλίνα.

Έν' άλλο πρωί, γέρνοντας στην αγκαλιά του, του είπε πάλι:

—Δος μου το νου σου και τα συλλογικά σου, Παύλο. Να τάχω δικά μου και μόνο δικά μου.

Κι' απ' τη στιγμήν εκείνη ο Παύλος δε συλλογίστηκε τίποτε άλλο στον κόσμο, ούτε στον ύπνο του ακόμα, ούτε στόνειρό του, γιατί όλα τα ζήλευε η Παυλίνα, ακόμα και τα όνειρά του.

Κ' εκείνη δεν ήτανε ακόμα ευχαριστημένη απ' τα χαρίσματά

του και κάθε πρωί του ζητούσε καινούργιο χάρισμα και κάθε βράδυ καινούργιο.

—Παύλο, του είπε πάλι, μια νύκτα, την ώρα που έβγαινε το φεγγάρι απ' το βουνό, δώσε μου την καρδιά σου, όλη σου την καρδιά, να την έχω μοναχή μου και κανένας άλλος στον κόσμο.

Ο Παύλος την κύτταξε γλυκά.

—Η καρδιά μου, Παυλίνα, ήτανε το πρώτο χάρισμα που σούκανα. Και πάλι μου τη ζητάς;

Η Παυλίνα τον κύτταξε στα μάτια και του είπε:

—Ορκίσου μου πως είναι δική μου.

Ο Παύλος της ωρκίστηκε. Μα πάλι δεν έμεινε ευχαριστημένη γιατί ήθελε να του βγάλη την καρδιά του απ' τα στήθη του και να την πάρη στα χέρια της, να την κάμη παιγνίδι.

Αφού της έδωκε ό,τι είχε ο Παύλος, τα μάτια του, το νου του και την καρδιά του, την ξαναρώτησε πάλι:

—Τι άλλο θέλεις από μένα, αγάπη μου;

Κ' εκείνη του είπε:

—Θέλω τη ζωή σου. Να την έχω στα χέρια μου και να την κυβερνώ.

Κι' ο Παύλος της είπε:

—Χάρισμά σου. Κ' όταν την βαρεθής, βγάλε τη χρυσή καρφίτσα απ' τα μαλλιά σου, τρύπησέ μου την καρδιά και πάρε τη ζωή μου, να μην τη χαρή άλλος στον κόσμο.

Η Παυλίνα γέλασε από χαρά για το νέο του χάρισμα και τον φίλησε στα μάτια. Έπειτα σήκωσε το μικρό της χεράκι στα μαλλιά της και δοκίμασε κρυφά με το δάκτυλο της τη μύτη της χρυσής καρφίτσας, για να ιδή αν τρυπάη καλά. Μια σταλαγματιά αίμα έσταξε απ' το λευκό της δάκτυλο. Μ' ένα γλυκό πόνο σκούπισε κρυφά το δάκτυλο στα μαλλιά της.

Έτσι ζούσανε κάμποσο καιρό ευτυχισμένοι ο Παύλος κ' η Παυλίνα. Άξαφνα η Παυλίνα, αφού είχε πάρει το νου, την καρδιά και τη ζωή του Παύλου, όλα δικά της, άρχισε να θλίβεται και να παραπονιέται. Είχε γυρίσει πάλι το καλοκαίρι, οι αστροφεγγιές σκορπούσανε τα μάγια τους στην ακρογιαλιά, το χώμα κ' οι θημωνιές ύστερα απ' τις ψιλές βροχούλες σκορπούσανε μεθυστικές μυρωδιές στον κάμπο, και τα φύκια στην ακρογιαλιά βαλσαμώνανε τον αέρα με την αλμύρα τους. Ο Παύλος γύρισε και είπε της Παυλίνας:

—Γιατί είσαι παραπονεμένη, αγάπη μου; Τι θέλεις ακόμα να σου χαρίσω ; Ό,τι είχα σου τώδωκα.

Η Παυλίνα σήκωσε τα μάτια της, δακρυσμένα, και τον κύτταξε γλυκά.

—Θέλω ένα διαμάντι πιο μεγάλο από το μεγαλύτερο διαμάντι που φορεί στο διάδημά της η βασίλισσα.

Ο Παύλος αναστέναξε. Όμοιο διαμάντι δε βρισκότανε σ' όλο τον κόσμο.

—Πες μου, αγάπη μου, πού βρίσκεται, να σχίσω βουνά και θάλασσες να πάω να στο φέρω.

Η Παυλίνα τον κύτταξε πιο γλυκά ακόμα.

—Αν μ' αγαπάς θα πας να μου το βρης.

Και φιληθήκανε στο στόμα.

Μήνες περάσανε. Ο Παύλος έφυγε μακρυά να πάη να βρη το μεγάλο διαμάντι. Μακρυά, στους άφταστους, άγριους τόπους, εκεί που στα βάθυα της γης βρίσκονται τα πλούσια πετράδια. Κ' η Παυλίνα, ξαπλωμένη σαν και πρώτα στον ψάθινο καναπέ του περιβολιού, περίμενε κι' όλο περίμενε το μεγάλο διαμάντι, πιο μεγάλο απ' το μεγαλύτερο πετράδι που στόλιζε το διάδημα της βασίλισσας. Και στη μοναξιά της, όλο λογάριαζε πώς θα λαμποκοπάη στα χρυσά της μαλλιά ο μικρός ήλιος, κορώνα της ομορφιάς της. Τίποτε άλλο δε λογάριαζε. Η καρδιά του Παύλου και τα συλλογικά του ήτανε δικά της και τα κρατούσε στα χέρια της. Ένα περίμενε μόνο, το διαμάντι.

Μήνες ήρθανε απάνω στους μήνες κι' ο Παύλος δεν εφάνηκε. Πέρασε το καλοκαίρι, ήρθε κι' ο χειμώνας και τίποτε. Η Παυλίνα έσκαζε από μέσα της.

—Τι αγάπη είναι αυτή! έλεγε μέσα της. Ένα χάρισμα του ζήτησα και δεν μπόρεσε να μου το φέρη.

Και σιγά—σιγά τον ξέχασε τον Παύλο κ' η αγάπη της σβύστηκε ολότελα. Γιατί ο Παύλος δεν εστάθηκε άξιος να της φέρη το χάρισμα που του ζήτησε. Ύστερα από λίγο έδωκε την καρδιά της σ' έναν άλλον, τούδωκε την αγάπη της, το φως της, τα συλλογικά της, του χάρισε τόμορφο κορμί της, ό,τι είχε του τα χάρισε. Γιατί τον αγάπησε κι' αυτή δεν ήξερε. Ίσως γιατί ο χειμωνιάτικος ήλιος ξυπνούσε μες στην καρδιά της μια παλιά, παγωμένη αγάπη. Ίσως γιατί την μεθούσαν με τη βαρειά τους μυρωδιά οι μικροί, γαλάζιοι μενεξέδες του περιβολιού. Ίσως γιατί μες στη φωτιά της γωνιάς τριζοβολούσαν παράξενα τα ξύλα, με μικρές μυστικές φωνές. Ίσως γιατί ήτανε συνεφιασμένος ο ουρανός κ' οι νύκτες ατέλειωτες. Ποιος τα ξέρει αυτά τα πράματα! Ούτε η ίδια δεν ήξερε γιατί τον αγάπησε.

Κάθε δειλινό, η Παυλίνα με την καινούργια της αγάπη, πηγαίνανε μακρυά το γιαλό—γιαλό, μαζεύοντας αγριοβιολέττες και κυκλάμινα μέσα στις χαραμάδες των βράχων, πότε αγκαλιασμένοι μέσα στις σπηλιές, πότε χεροπιαστοί στην αμμουδιά. Το κύμα έσπαζε στα πόδια τους κ' η Παυλίνα, κυττάζοντας το κύμα, έλεγε παραπονετικά μέσα της:

—Αλλοίμονο! κανένα κύμα δε μούφερε το μεγάλο διαμάντι....

Ένα δειλινό, που ο χειμωνιάτικος ήλιος έκαιγε σα να ήτανε καλοκαίρι κ' οι αύρες της θάλασσας σκορπούσανε ανοιξιάτικες μυρωδιές, η Παυλίνα με τον καινούργιο της αγαπητικό γυρίζανε, σαν πάντα, φορτωμένοι κυκλάμινα κι' αγριοβιολέττες, απ' το μακρυνό τους περίπατο. Σα φτάσανε στην πόρτα του περιβολιού, ένας άνθρωπος ηλιοκαμμένος, με παλιά, μπαλωμένα ρούχα, με το περπάτημα το αργό και βαρύ των γεμιτζήδων, ζύγωσε διακριτικά την Παυλίνα, έβγαλε το σκούφο του και την αρώτησε σιγαλά, αν είναι αυτή η γυναίκα του δυστυχισμένου του Παύλου.

Η Παυλίνα τον αποπήρε.

—Τι θέλεις από μένα; του είπε. Αν ήρθες να μου πης πως πέθανε και μούφερες τις παραγγελιές του, πάρτες πίσω και πήγαινε στο καλό. Γιατί αυτός στάθηκε σκληρός μαζή μου και δε μούκανε το χατήρι που του ζήτησα.

Ο ξένος πέτρωσε απάνω στα πόδια του. Θυμήθηκε τα δάκρυα πούχυνε πεθαίνοντας στον ξένον τόπο τόμορφο παλικάρι, θυμήθηκε τα γλυκόλογα που του 'δωκε να φέρη στην καλή του και ράγισε άλλη μια φορά η καρδιά του.

—Αλλοίμονο, κοπέλλα μου, της είπε. Αυτός δεν είναι πια στον απάνω κόσμο. Μέσα στα σπλάχνα της γης, μέσα στους άγριους τους τόπους, έφαγε τα νιάτα του, γυρεύοντας την τύχη του. Δεν τον βοήθησε ο Θεός. Βγήκε χλωμός, με την ψυχή στο στόμα απ' τα σκοτεινά λαγούμια της γης, για να ξαναμπή πάλι για πάντα.

Και τα μάτια του ξένου τρέχανε δάκρυα.

—Αν ήρθες να κλάψης εδώ, τον αποπήρε πάλι η Παυλίνα, δε διάλεξες καλά. Τράβα το δρόμο σου και κλαίγε μοναχός σου...

—Άκουσέ με, καλή μου κοπέλλα, ξαναείπε ο ξένος. Δυο λόγια έχω ακόμα να σου πω. Μέσα στην καλύβα, που ξεψύχησε δίπλα μου, ο άμοιρος, μούδωκε τα στερνά του χαιρετίσματα, ορκίζοντάς με να τα φέρω στην καλή του. Και μου' δωκε κ' ένα φυλακτό, που το είχε κρεμασμένο στο λαιμό του. Πάρε τα χαιρετίσματα, κρέμασε τα φυλακτό στο λαιμό σου, συχώρα τον και συμπάθησέ με.

Ο ξένος έδωκε το φυλακτό, ένα μικρό μεταξωτό χαϊμαλί, και τράβηξε το δρόμο του με σκυμμένο κεφάλι. Η Παυλίνα το πήρε στα μικρά, παχουλά της χεράκια κ' έτρεξε βιαστικά στον αγαπημένο της, παίζοντας με το μικρό θυμητικό.

Καθίσανε στον ψάθινο καναπέ, κάτω απ' την ανθισμένη γαζία, σφίγγοντας ο ένας τα χέρια του άλλου.

Όταν ενύκτωσε και πήγε να κοιμηθή η Παυλίνα, πέταξε απάνω στο τραπέζι το μικρό χαϊμαλί.

—Τι του ήρθε, είπε μέσα της, να μου στείλη αυτό το πραματάκι. Έτσι πάντα στάθηκε ανόητος!

Έπειτα το πήρε στα χέρια της και το κύτταξε με περιέργεια. Το μετάξι του ήτανε ξεθωριασμένο απ' την πολυκαιρία και βρώμικο. Της ήρθε μια στιγμή να το πετάξη απ' το παράθυρο. Μα καθώς τώπαιζε στα δάκτυλα της, ένοιωσε κάποια σκληράδα μέσα του. "Τι νάχη τάχα μέσα το φτωχό και βρώμικο χαϊμαλί;" Ξύλωσε ξένοιαστα τις χονδρές του ραφές και παραμέρισε το βρώμικο μπαμπάκι. Εκεί που το παραμέριζε, έβαλε μια φωνή τρομάρα, Τι ήτανε αυτό! Ένα άστρο έλαμψε στο σκοτάδι της κάμαρας. Τα δάκτυλά της τρέμανε. Μια μεγάλη διαμαντόπετρα, αστραφτερή σαν τον αποσπερίτη, μεγαλύτερη από το μεγαλύτερο διαμάντι που στολίζει το διάδημα της βασίλισσας, φανερώθηκε μπροστά της. Έμεινε ώρα πολλή σα σαστισμένη, παίζοντας στα λευκά, παχουλά της δάκτυλα τον όμορφο θησαυρό. Δάκρυα χαράς τρέχανε απ' τα μάτια της.

—Ο καϋμένος ο Παύλος! είπε μέσα της. Δε με ξέχασε…

Μα η λάμψη του διαμαντιού σκόρπισε όλους τους μαύρους στοχασμούς απ' το μικρό της κεφαλάκι.

Σηκώθηκε περήφανη, άναψε τασημένια καντιλλέρια μπροστά στον κρυσταλλένιο καθρέφτη, έβαλε το περήφανο διαμάντι ανάμεσα στα ξανθά της μαλλιά και στάθηκε σα βασίλισσα ανάμεσα στασημένια πολύφωτα. Ώρα πολλή έμεινε σαν άγαλμα, καμαρώνοντας το ασύγκριτο είδωλο μέσα στο αστραφτερό κρύσταλλο. Ύστερα ένα χαμόγελο άνθισε στα χείλια της.

—Τόσον ωραία, θα τρελλαθή όταν ιδή αύριο ο βασιλιάς τη βασίλισσά του…

Άνοιξε ένα ασημόχρυσο κουτί κ' έκρυψε μέσα το πολύτιμο πετράδι. Και μ' ένα χαρούμενο τραγουδάκι άρχισε να βγάζη τα πλούσια φορέματα, νοιώθοντας τα βλέφαρά της να βαραίνουν από μια γλυκύτατη νύστα.

Σε μια γωνιά της κάμαρης ήτανε πεταμένη η μεγάλη κερένια κούκλα. Το μάτι της Παυλίνας έπεσε άθελα απάνω στο λησμονημένο παιγνίδι. Της φάνηκε πως το στήθος της κούκλας σάλευε απαλά και ρυθμικά, σα ν' ανάσαινε. Τι τρέλλα! Πήγε κοντά της κ' έσκυψε το μικρό της αυτί απάνω στο κερένιο στήθος. Κάτι τι κτυπούσε μέσα, σαν καρδιά. Γέλασε με την τρελλή φαντασία της και, τραβώντας τη χρυσή καρφίτσα απ' τα μαλλιά της, τρύπησε το κερένιο στήθος απάνω στο μέρος της καρδιάς. Μια σταλαγματιά αίμα πήδησε απ' το λευκό αγκύλωμα. Η Παυλίνα έβαλε ένα γέλιο τρομαγμένο και τραβήχθηκε μακρυά.

—Τι τρέλλα! είπε. Ονειρεύομαι ξυπνημένη.

Έπεσε μ' ένα όμορφο κίνημα στο λευκό της κρεββάτι κι' αποκοιμήθηκε γλυκά. Τα μάτια της κερένιας κούκλας μένανε ανοικτά μες στο σκοτάδι και υγρά, σα δακρυσμένα.

Ο ΚΑΜΠΟΥΡΗΣ

Μέσα στο μελίσσι των παιδιών που σχολούσαν, μεσημέρι και δείλι, απ' το σχολειό της ενορίας και γέμιζαν το δρόμο με φωνές και κακανίσματα, το πιο περήφανο ήτανε ο Γιαννάκης ο Καμπούρης.

Ο Γιαννάκης, όταν γεννήθηκε δεν είχε κανένα σημάδι απάνω του. Ο πατέρας του κ' η μάννα του τον καλοδεχθήκανε, όπως καλοδέχονται όλα ταρσενικά παιδιά. Μονάχα ήτανε λίγο χλωμός αδύνατος και κακοθρεμμένος. Οι γονείς του τον τάξανε στον Θεό για να δυναμώση και να γίνη γερός κι' αντρειωμένος, μα ο Τρισκατάρατος είχε βάλει την ουρά του πριν βάλη ο Θεός το χέρι του. Σιγά—σιγά τα πόδια του Γιαννάκη αρχίσανε να λιγύζουν, το κορμάκι του να ζαρώνη και με τον καιρό ένα καρβέλι του φάνηκε αποπίσω του κι' άλλο ένα από μπρος του. Με τον καιρό το μεγάλο τετράγωνο κεφάλι του εβούλιαξε ανάμεσα στα δυο καρβέλια κι' ο Γιαννάκης άρχισε να μεγαλώνη στα χρόνια, χωρίς να μεγαλώνη και στο μπόι.

Οι γονείς του, σαν τον βλέπανε, λέγανε απομέσα τους.

—Δεν πεθαίνει το καϋμένο να ησυχάση απ' τα βάσανα; Τι τη θέλει τη ζωή ;...

Γιατί οι γονείς του δεν μπορούσανε να βλέπουν ένα τόσο άσχημο πλάσμα κοντά τους και να συλλογίζωνται πως αυτοί το πλάσανε.

Ο Γιαννάκης όμως είχε άλλην ιδέα. Η ζωή του άρεσε, ήτανε ευχαριστημένος που ήλθε στον κόσμο και δεν είχε κανένα παράπονο με τους γονείς του. Τα μάτια του λάμπανε από χαρά και, ανάμεσα στάλλα παιδιά, περπατούσε τόσο τεντωμένος και αλύγιστος, που θάλεγες πως το είχε περηφάνεια πως ήτανε τόσο διαφορετικός και τόσο ξεχωριστός από τάλλα τα παιδιά. Περπατούσε πάντα μοναχός, φουσκωμένος σαν γάλος, με το κεφάλι ψηλά και πατούσε στερεά το χώμα με τα δυο αδύνατα ποδαράκια του.

Το μόνο, που του κακοφαινότανε κάποτε, ήτανε όταν οι άλλοι περνούσαν κοντά του και σκύβανε να τον κυττάξουν. Για λίγο καιρό κάποια στενοχώρια φαινότανε ζωγραφισμένη στο πρόσωπό του. Μα γλήγορα βρήκε τρόπο να διορθώση αυτή την ιστορία. Γύρω απ' το λιμάνι, που ήτανε ο δρόμος του, είχανε κτίσει τον τελευταίο καιρό έναν καινούργιο μώλο μ' ένα ψηλό πεζούλι, ως μισό μέτρο απάνω απ' το δρόμο. Ο μώλος ήτανε κτισμένος απάνω στα βράχια που τριγύριζαν το λιμάνι. Ο Γιαννάκης γύρισε μια μέρα κ' έρριξε μια ματιά ευχαριστημένη στο νεόκτιστο πεζούλι. Απ' την άλλην ημέρα δεν περπατούσε πια στο δρόμο. Ανέβαινε απάνω στο πεζούλι και με ταδύνατα ποδαράκια του, κορδωμένος και περήφανος, με το κεφάλι ψηλά, έκανε όλον το γύρο του λιμανιού ως το σπίτι του. Τώρα δεν έσκυβαν οι άλλοι να τον ιδούν. Έσκυβε αυτός και τους κύτταζε από ψηλά.

Όμως κάποιο κακό μάτι έπεσε απάνω του. Γιατί όλοι όσοι τον βλέπανε λέγανε μέσα τους: "Για κύττα τον καμπουράκη.... θάρρος που τόχει! Καμμιά μέρα θα πέση να σκοτωθή". Και από τα πολλά τα μάτια κάποιο τονέ βάσκανε. Μια μέρα, εκεί που περπατούσε κορδωμένος, κυττάζοντας τον ήλιο, γλύστρησε κάπου, παραπάτησε, σαλεύτηκε απάνω στα ποδαράκια του κ' έπεσε κάτω στα βράχια. Πήγανε και τον βγάλανε σκοτωμένο, με το μεγάλο κούτελο ματωμένο, με τα κοκκαλάκια του σπασμένα. Τον βάλανε απάνω σ' ένα σανίδι και τον σηκώσανε να τον πάνε στο σπίτι του. Όταν τον περνούσανε στο δρόμο οι διαβάτες τον κυττάζανε και κουνούσαν το κεφάλι τους: "Ο

Θεός τον ανάπαυσε, λέγανε. Τι να την κάνη το κακόμοιρο τέτοια ζωή !" Όταν τον περάσανε απ' το σχολείο όλα τα παιδιά τρέξανε να ιδούνε τον καμπουράκη, που είχε πέσει απ' το μώλο. Τριγυρίσανε το σανίδι και τον κυττάζανε, σαν παράξενο πράμα. Ύστερα γυρίσανε τα παιδιά το ένα στο άλλο και λέγανε με θαυμασμό: "Μωρέ είδες από τι ψήλωμα έπεσε ο καμπουράκης! Πέντε μπόγια ψήλωμα". Ο Γιαννάκης ήτανε ξαπλωμένος χλωμός κι' ακίνητος απάνω στο σανίδι. Μα και ξαπλωμένος φαινότανε περήφανος και θαρρούσες πως χαμογελούσε στα παιδιά που τον τριγύριζαν. Ήτανε περήφανος, που έπεσε από τόσο ψηλά.

Η ΑΓΑΠΗ ΤΟΥ ΣΚΙΑΧΤΡΟΥ

Αυτή είναι μια αληθινή και παράξενη ιστορία, που μου την ανιστόρησε ένας γέρος χωρικός, κάνοντας το σταυρό του για του κόσμου τα παράξενα.

Στο χωριό του ζούσε ο ασχημότερος άνθρωπος του κόσμου. Καλά—καλά δεν μπορούσες να καταλάβης γιατί ήτανε άσχημος. Δεν ήτανε η μύτη του, τα μάτια, ταυτιά του, το σαγόνι, το κεφάλι του ή το κορμί του. Ήτανε κι' άλλοι ανθρώποι στο χωριό στραβομύτες, στραβοσάγονοι, κεφαλάδες κι' αλλοίθωροι. Μα η ασχημιά του ανθρώπου αυτουνού ήτανε άλλο πράμα. Ούτε ζωντανό κανένα, ούτε πετούμενο, ούτε ψάρι ματαστάθηκε ποτέ τόσο άσχημο. Ήτανε μοναδικός στον κόσμο.

Οι ανθρώποι στο δρόμο σταματούσαν και τον κύτταζαν. Τον κύτταζαν όχι πια με περιέργεια, με αηδία ή με συχαμό. Τον κύτταζαν με θαυμασμό και κάποτε, όταν ήτανε νύκτα ή σκοτεινιά, με φόβο. Και δεν ήτανε μονάχα οι ανθρώποι. Τα σκυλιά τον έπαιρναν από πίσω και τον γαυγίζανε σα λυσσασμένα. Δεν κοτούσε να περάση από γειτονιά, από δρόμο ή από στάνη. Μόλις τον απείκαζαν τα σκυλιά, μικρά, μεγάλα, χυμούσανε να τον φάνε. Αυτός όμως τραβούσε το δρόμο του, ήξερε πως κάτι τι τον φύλαγε σα φυλακτό απ' τη λύσσα των σκυλιών. Και είχε δίκαιο. Τα σκυλιά τρέχανε από πίσω του, τον ζυγώνανε να τον ξεσχίσουν με τα δόντια, μα μόλις τον ζύγωναν κάτι τα σταματούσε. Βάζανε την ουρά κάτω από τα σκέλια τους και φεύγανε με λυπητερές στριγλιές, σαν να τα είχε δαρμένα.

Ο άσχημος άνθρωπος—έτσι τον έσπρωξε ο Πειρασμός—αγάπησε τομορφότερο κορίτσι του τόπου. Το αγάπησε με τα σωστά του. Μέρα—νύκτα περνούσε κάτω απ' το σπίτι του κοριτσιού και κύτταζε στα παράθυρα μ' ένα παράπονο, που τον έκανε ασχημότερο. Ο κόσμος έκανε το σταυρό του και γελούσε. Ταδέρφια του κοριτσιού γελούσανε κι' αυτά. Δεν άξιζε τον κόπο να θυμώση και κανένας. Ποιος γύριζε να ιδή τέτοιο σκιάχτρο! Οι γειτόνισσες γελούσανε κ' εκείνες και πειράζανε τόμορφο κορίτσι με λόγια και με χωρατά. Μόνο τόμορφο κορίτσι καθότανε μοναχό του κ' έκλαιγε απ' το μεγάλο του κακό. "Τι μου ήτανε γραφτό! έλεγε. Να μ' αγαπήση ένα σκιάχτρο!" Τώπαιρνε σαν καταφρόνια και σαν φοβέρα. Και την έπαιρνε το παράπονο κ' έκλαιγε μοναχή της.

Ο άσχημος άνθρωπος δεν μπόρεσε να βαστάξη στη φλόγα της αγάπης. Τον έκαιγε μέρα και νύκτα. Και όσο περνούσανε μέρες, από την πίκρα και τον καϋμό του γινότανε ολοένα ασχημότερος. Οι διαβάτες δεν τον κυττάζανε πια. Γυρίζανε το κεφάλι τους με τρομάρα. Τα σκυλιά τον γαυγίζανε από μακρυά. Τρελλαμένος απ' την αγάπη είδε κι' απόειδε και μια νύκτα έβαλε ένα τρομπόνι στα μιλίγγια του και σκόρπισε στον άνεμο το άσχημο πρόσωπό του. Το πρωί τον βρήκανε κάτω από τα παράθυρα του κοριτσιού. Σημάδι δεν έμενε πια απ' την ασχημιά του και χρειάσθηκαν άλλα σημάδια για να γνωρίσουν ποιος ήτανε. Κανένας δεν τον λυπήθηκε, κανένας δεν τον έκλαψε και σαν τον θάψανε σαν σκυλί την άλλη μέρα, άνδρες και γυναίκες γελούσαν με τα παράξενα που γίνονται στον κόσμο.

Μα τόμορφο κορίτσι δεν μπορούσε να βαστάξη την καταφρόνια, που της έκανε η αγάπη ενός σκιάχτρου. Δεν μπορούσε να χωρέση ο νους της πως μέσα σε τόσα κορίτσια, όμορφα και άσχημα, διάλεξε αυτήνε να την αγαπήση. Κι' απ' την ημέρα που σκοτώθηκε για την αγάπη της, το πήρε σαν παράπονο και συχάθηκε η ίδια την ομορφιά της. Μα δεν έλεγε τίποτε σε κανένα κ' έλυωνε μοναχή της. Οι γειτόνισσες, που την βλέπανε αχνή και λυπημένη, την πειράζανε περισσότερο, αντί να την παρηγορήσουν, της λέγανε για την αγάπη του άσχημου άνθρωπου, για την ομορφιά της, που μάγεψε ένα σκιάχτρο, για τον άγριο σκοτωμό του.

Τόμορφο κορίτσι το πήρε μαράζι. Έκλαιγε, έκλαιγε κρυφά απ' τον κόσμο κ' έλυωνε σαν το κερί. Κι' όλο έλυωνε, ως που μια μέρα έκλεισε τα ματάκια με τα μεγάλα ματόκλαδα, και δεν τάνοιξε πια. Ο κόσμος έκλαψε τον άδικο χαμό της κ' οι τραγουδιστάδες της βγάλανε τραγούδι. Μα τα φθονερά κορίτσια λέγανε πως πέθανε κι' αυτή απ' την αγάπη, πως ένας κρυφός καϋμός την έφαγε για τον άσχημο άνθρωπο και πως όλα γίνονται στον κόσμο. Κανένας όμως δεν το πίστεψε....

Έτσι ο άσχημος άνθρωπος σε λίγο καιρό πήρε μαζή του την αγάπη του, και δεν την άφησε να την χαρή άλλος κανένας στον κόσμο. Και είναι μια αληθινή ιστορία, που μου την ανιστόρησε ένας γέρος χωρικός, κάνοντας το σταυρό του για του κόσμου τα παράξενα.

Ο ΑΝΘΡΩΠΙΝΟΣ ΠΟΝΟΣ

Περπατούσαμε μονάχοι στο σκοτάδι. Περπατούσαμε, κρατημένοι σφικτά απ' τα χέρια, εγώ και ο Άλλος. Μανάχα εμείς περπατούσαμε στη μαύρη πεδιάδα. Τίποτε άλλο. Τα μεγάλα βουνά ακίνητα μας έζωναν τριγύρω. Βαρειά σύννεφα ήταν σταματημένα απάνω απ' το κεφάλι μας. Τα ψηλά δένδρα, ανάρηα—ανάρηα, έστεκαν ασάλευτα μέσα στον άτρεμον αέρα. Περπατούσαμε και δεν ξέραμε πού πάμε.

—Πού πάμε; ρώτησα με πνιγμένη φωνή.

Δεν ξέρω πού πάμε, μου είπ' ο Άλλος. Η καρδιά μου κτυπάει δυνατά....

Ύστερα σταματήσαμε. Δεν μπορούσαμε να πάμε μπροστά. Τα πόδια μας καρφώθηκαν στο χώμα. Με τα βαρειά βουνά, με τα μεγάλα δένδρα, με τα μαύρα σύννεφα, μείναμε ακίνητοι.

—Τα χέρια σου τρέμουν! μου είπε ο Άλλος.

—Και τα δικά σου.

—Πού είμαστε;

—Δεν ξέρω.

—Δεν ακούς;

—Ακούω.

Τι ήτανε αυτό που άκουα μες στο σκοτάδι; Αυτό μας έκανε να τρέμουμε. Ένας θρήνος πλατύς ανέβαινε απ' τη γη. Ο θρήνος εγέμιζε τον κάμπο, τον ουρανό, τον αέρα. Τρυπούσε τα βαρειά σύννεφα κ' έσβυνε απάνω. Πλημμυρούσε όλη την πλάση, ζυμωμένος με το σκοτάδι.

Ο ανθρώπινος πόνος

—Εμπρός, είπα στον Άλλον. Προχώρησε να φύγουμε. Τρέμω. Ακούς τι σου λέω;

—Δεν μπορώ να προχωρήσω, μου είπ' ο Άλλος. Κάτι τι μου καρφώνει τα πόδια. Τράβηξέ με.

—Δεν μπορώ ούτ' εγώ. Τα πόδια μου είναι κολλημένα στο

χώμα....

Στεκόμαστε ασάλευτοι. Τα νύχια μου είχανε μπη στα κρέατά του. Ένοιωθα τα νύχια του που σχίζανε το κρέας μου.

—Μη μ' αφίνης.

—Σε κρατώ. Σφίξε μου το χέρι.

Το αίμα έτρεχε θερμό απ' τα χέρια μας.

Ο θρήνος γέμιζε το σκοτάδι.

—Ο αέρας τρέμει.... του είπα. Νοιώθεις τον αέρα που τρέμει τώρα;

—Ναι. Και τα δένδρα. Βλέπεις τα δένδρα;

—Τα βλέπω. Και τα σύννεφα απάνω.

—Και τα σύννεφα, Θεέ μου!

—Βλέπεις τα μακρυνά βουνά;

—Βλέπω. Ένας σεισμός τα ταράζει.

Ο θρήνος γέμιζε το σκοτάδι, σαν βογγητό ανέμου μέσα στο πένθος του δάσους.

—Ο άνεμος κλαίει;

—Όχι. Δεν είναι ο άνεμος. Ο αέρας είναι πεθαμένος. Πνίγομαι.

—Κ' εγώ. Βλέπεις εκεί κάτω;

—Βλέπω. Είν' ένα μαύρο σημάδι....

—Ένα μαύρο σημάδι σαλεύει. Αυτό είναι.

—Τι είναι;

—Αυτό είναι η πηγή του θρήνου. Αυτό είναι.

—Τόσο μικρό; Σαν μια φούχτα χώμα. Κι' ο θρήνος είναι απέραντος.

—Ναι απέραντος. Πλατύτερος απ' τον ουρανό.

—Πλατύτερος. Πιο βαρύς απ' τα μεγάλα βουνά.

—Πιο βαρύς. . . .Ψηλότερος απ' τα ψηλά δένδρα.

—Ψηλότερος.

—Το μαύρο σημάδι σαλεύει.

—Αυτό είναι. Είναι η μαύρη πηγή του θρήνου.

—Τόσο μικρό; Σαν μια φούχτα χώμα. Κι' ο θρήνος είναι απέραντος.

—Δεν είναι μια φούχτα χώμα. Μια καρδιά είναι κρυμμένη στο μαύρο σημάδι. Για κύττα! Κάτι σέρνεται στο χώμα σαν φίδι.

—Δεν είναι φίδι. Είναι μαλλιά. Τα μαλλιά σέρνονται στο χώμα.

—Κάτι κτυπάει τη γη. Τ' είν' αυτό που ασπρίζει;

—Είναι χέρια. Δεν βλέπεις; Δυο χέρια γυμνά που κτυπούν το χώμα.

—Δεν ακούς;

—Ακούω. Ο άνεμος βογγάει μέσα στο πένθος του κάμπου.

—Όχι, δεν είν' ο άνεμος. Η φωνή φωνάζει κάποιον να βγη απ' το χώμα : "Έλα! Έλα !. .. " Τον φωνάζει.

—Ναι, ακούω τώρα. Φωνάζει: "Έλα! Έλα.... Τα χέρια κτυπούν το χώμα. Τα μαλλιά σέρνονται χάμω. Η φωνή φωνάζει: "Έλα! Έλα...."

—Και δεν έρχεται. Γιατί δεν έρχεται!

—Δεν θάρθη ποτέ.

—Και θα φωνάζη ως πότε; Θεέ μου! Τρέμω.

—Θα φωνάζη αιώνια....

—Μια φούχτα χώμα. Κι' ο θρήνος είναι απέραντος.

—Δεν είναι μια φούχτα χώμα. Είναι μια καρδιά... Σφίξε μου το χέρι. Κάνει κρύο.

—Είναι μια καρδιά...

—Τα χέρια σου είναι παγωμένα.

—Κρυώνω. Πώς κρυώνω!

—Τα δόντια σου κτυπούν άγρια. Γιατί κτυπούν έτσι τα δόντια σου; Προχώρησε να φύγουμε. Έλα κοντά μου.

—Έρχομαι. Τα πόδια μου είναι μολύβι.

Προχωρήσαμε μες στο σκοτάδι.

—Σφίξε μου το χέρι. Έλα κοντά μου.

Κρατούσαμε σφικτά ο ένας το χέρι του άλλου, τα νύχια μου είχαν μπη βαθιά στα κρέατα του κ' ένοιωθα τα νύχια του να σχίζουν τη σάρκα μου. Το αίμα έτρεχε θερμό απ' τα χέρια μας.

—Σφίξε μου το χέρι, σου λέω. Τρέμω...

Το αίμα έτρεχε απ' τα χέρια μας. Και προχωρούσαμε στο σκοτάδι. Πηγαίναμ' εμπρός. Μονάχοι, εγώ και ο Άλλος...

Ο ΠΡΟΦΗΤΗΣ

Άξαφνα, μιαν ανοιξιάτικη αυγή, που ο ήλιος έλαμπε απάνω στη δροσολουσμένη πρασινάδα και τη γέμιζε διαμάντια, και τα περιβόλια σκορπούσαν ευωδίες λογιών—λογιών στον αέρα, φανερώθηκε στη χώρα, δειλός και μαζεμμένος, ο όμορφος τρελλός. Από πού ήρθε, πού γεννήθηκε, πού μεγάλωσε, πού ήτανε κρυμμένος τόσον καιρό, κανένας δεν ήξερε. Λέγανε κάποιοι πως ήτανε φθασμένος από κάποιο απόμερο χωριό, πως είχε περπατήσει μερόνυκτα σε βουνά και σε λαγκάδια, τρώγοντας άγρια χορτάρια και πίνοντας με τις φούχτες του νερό απ' τις ερημικές βρυσούλες. Κι' αλήθεια τα ποδήματά του ήτανε ξεσχισμένα και γεμάτα σκόνη και τα ρούχα του σπαραγμένα απ' ταγκάθια του δρόμου. Το πρόσωπό του ωστόσο ήτανε όμορφο κ' ευγενικό, με κάτι βαθειά, μεγάλα, ουρανιά μάτια, είχε τα ξανθά του μαλλιά μακρυά και ακτένιστα, σκορπισμένα στους ώμους, τανάρηα του γένεια σκέπαζαν σαν χνούδι τα χλωμά μάγουλά του, και το πλατύ κερένιο μέτωπό του, νέον ωστόσο, ήτανε ωργωμένο από βαθειές ρυτίδες. Κι' απ' την ημέρα που φανερώθηκε στο χωριό, περπατούσε πάντα μονάχος και πάντα έρημος στα χωράφια και τις ακροποταμιές.

Τα παιδιά μόλις τον ένοιωθαν τον παίρνανε από πίσω. "Αι! Αι! ο τρελλός"... Αυτός όμως τραβούσε το δρόμο του αδιάφορα και τα παιδιά δεν μπορούσανε να τον φθάσουν. Κι' όταν τον έφθαναν τους έπιανε τέτοιος φόβος, που γύριζαν πίσω. Οι μεγάλοι τον κύτταζαν ξαφνισμένοι σαν περνούσε, του μιλούσαν, του φώναζαν: "Αι! Αι! παλικάρι"... Αυτός όμως τραβούσε το δρόμο του, χωρίς να δίνη απόκριση. Οι γυναίκες μόνο τον κύτταζαν με συμπάθεια και δεν του μιλούσαν. Μιλούσαν μόνο ανάμεσό τους για το χλωμό του πρόσωπο, τα μακρυά του μαλλιά και τα μεγάλα βαθουλωμένα μάτια τον, μιλούσαν για το γλυκύ παράπονο που ήτανε χυμένο στην όψη του. Και γύρευαν να μάθουν ποιος είναι, από πού ήρθε και τι έκανε. Μα κανένας δεν ήξερε να τους ειπή.

Κάποιος είπε τότε πως τον άκουσε να μιλάει σ' απόμερα μέρη με φτωχές γυναικούλες και πως η φωνή του ήτανε γλυκειά και οι τρόποι του ήμεροι και συμπαθητικοί. Άλλος είπε πως τον είδε να μαζεύει γύρω του τα μικρά παιδάκια σε μιαν ακροποταμιά και να τους λέη ιστορίες και παραμύθια. Και τα μικρά παιδάκια τον κύτταζαν ολοτρόγυρα μ' ανοικτό το στόμα. Άλλος πάλι έλεγε πως τον είδε να κάθεται ώρες στη ρίζα ενός δένδρου, και να κυττάη τον ουρανό με τα μεγάλα παραπονεμένα μάτια του. Όταν περνούσε όμως βιαστικά από μέσα απ' τη χώρα, τα παιδιά τρέχανε από πίσω του. "Αι! Αι! ο τρελλός..."

Ύστερ' από καιρόν ο τρελλός, όπως φανερώθηκε άξαφνα, έτσι άξαφνα και χάθηκε. Είπανε πως έπεσε στο ποτάμι και πνίγηκε. Άλλος είπε πως τον πήρανε οι Νεράιδες. Άλλος πως ήτανε κρυμμένος μέσα στη μεγάλη σπηλιά του βουνού και τη νύκτα έβγαινε σαν το αγρίμι και μάζευε άγρια χορτάρια, για τροφή του. Και πάλι άλλος είπε πως τον είδε να σκάβη με τα νύχια του το χώμα στην κορφή ενός βουνού. Έκανε ένα μεγάλο λάκκο και θάφτηκε μέσα ζωντανός. Έτσι γέμισε το χωριό από λογιών—λογιών ιστορίες. Οι γυναίκες ωστόσο ρωτούσανε πάντα να μάθουν: "Ο καϋμένος ο τρελλός! Τι νάγινε ο τρελλός;" Κανένας όμως δεν μπορούσε να μάθη την αλήθεια.

Πέρασαν χρόνια πολλά κι' ο τρελλός δεν ξαναφάνηκε. Άξαφνα είχε φανερωθή κι' άξαφνα χάθηκε. Η πατρίδα του τον ξέχασε χωρίς να μάθη ποτέ ποιος ήτανε. Μονάχα οι γυναικούλες, που δεν είχανε άλλη δουλειά, τον φέρνανε συχνά στις ομιλίες τους: "Ο καϋμένος ο τρελλός!... " Μιλούσανε για τα μεγάλα του ξανθά μαλλιά, για το χλωμό του πρόσωπο και τα βαθουλωμένα του μάτια. Κι' όταν γυρίζανε την άνοιξη και το καλοκαίρι απ' τα χωράφια και τις ακροποταμιές λέγανε πειράζοντας η μια την άλλη: "Να ο τρελλός!" Και καμμιά δεν τρόμαζε. Μόνο λέγανε πάλι μια με την άλλη: "Πού να βρίσκεται ο καϋμένος!" Καλοκαίρι κι' άνοιξη οι γυναικούλες, γυρίζοντας απ' τα χωράφια, μιλούσανε για τον τρελλό, που χάθηκε και κανένας δεν ξέρει πού να πήγε.

.... Ένας χωρικός γύρισε με χρόνια από μακρυνή και πλούσια πολιτεία. Ο νεοφερμένος ιστορούσε στους συντοπίτες του μια παράξενη ιστορία. Την ιστορία ενός Προφήτη. Ένας Προφήτης είχε φανή στην ξένη πολιτεία. Ο κόσμος έτρεχε από πίσω του. Όπου περνούσε ο προφήτης έσερνε πίσω του χιλιάδες. Ο λαός έτρεχε σαν τα μυρμήγκια. Σκάλωναν απάνω στα δένδρα να τον ιδούν, ανέβαιναν στα κεραμίδια των σπιτιών, έσπρωχνε ο ένας τον άλλον για να τον πρωτοκυττάξη, Οι μανάδες σήκωναν τα παιδιά τους στα χέρια τους για να τον κυττάξουν και οι γέροι στυλώνανε τα κορμιά τους να τον ιδούν μια φορά πριν πεθάνουν.

Αυτά έλεγε ο χωριανός κι' όλη η χώρα τον άκουγε μ' ανοικτό στόμα. Έλεγε ακόμα πως ο Προφήτης, που ήξερε όλα τα μυστήρια που κρύβει ο κόσμος κι' όλα ταπόκρυφα του Θεού, μιλούσε, με ωραία και σοφά λόγια, στα πλήθη του κόσμου. Μιλούσε για τη Ζωή, για το Θάνατο και για την Αγάπη. Τα λόγια κυλούσαν απ' τα χείλη του γλυκά σαν το μέλι. Η φωνή του ξεπερνούσε το πιο γλυκό τραγούδι. Και όταν μιλούσε για τη Ζωή, οι πιο δυστυχισμένοι λαχταρούσαν να ζήσουν, κι' όταν μιλούσε για το Θάνατο, οι πιο ευτυχισμένοι τον αποζητούσαν, κι' όταν μιλούσε για την Αγάπη, τα ξερά κλαδιά πετούσανε νέα φύτρα . . .

Αυτά έλεγε ο χωριανός. Και ύστερα είπε ακόμα, με τα δάκρυα στα μάτια, τη δική του τη συμφορά και την αμαρτία του. Σαν έτυχε στην ξένη πολιτεία, πήγε κι' αυτός να ιδή τον ωραίο Προφήτη. Έσπρωξε τον κόσμο, στριμώχθηκε μέσα στο λαό, ίδρωσε, παρακάλεσε. Σαν έφθασε όμως κοντά, έτριψε τα μάτια του. Γιατί δεν πίστευε κι' ο ίδιος αυτό που έβλεπε. Στο τέλος δεν μπόρεσε να βασταχθή. Χωρίς να θέλη, μια φωνή του ξέφυγε απ' τα χείλη: "Αι! Αι! ο τρελλός!" Το πλήθος ρίχθηκε απάνω του να τον πνίξη. Έβαλε φτερά στα πόδια. Βοή και κατάρα τον ακολουθούσε από πίσω του σαν φοβέρα. Έφυγε, χάθηκε μακρυά απ' την πολιτεία. Κρύφθηκε στους λόγγους και στα βουνά κ' ύστερα πήρε το δρόμο, σαν αφωρισμένος.... "Και νάμαι που ήρθα. Ο Θεός να με συχωρέση, αδέρφια!"...

Αυτά έλεγε ο χωριανός και τα δάκρυα τρέχανε απ' τα μάτια του. Κανένας δεν άνοιξε το στόμα του να μιλήση. Ο ένας κύτταζε τον άλλον. Και μόνον οι γυναικούλες του χωριού, που δεν είχανε ξεχάσει τον τρελλό με τα μακρυά ολόξανθα μαλλιά, με το χλωμό πρόσωπο και τα βαθουλωμένα μάτια, αναστέναζαν βαθιά: "Ω! ευτυχισμένε, που είδες τον Προφήτη!" Κι' από τότε, όταν γυρίζουν οι γυναικούλες καλοκαίρι κι' άνοιξι απ' τα χωράφια και τις ακροποταμιές, γλυκομιλούν και λένε ακόμα για τον ωραίο τον Προφήτη.

ΟΙ ΜΕΝΕΞΕΔΕΣ

Το λεωφορείο σταμάτησε στη μέση του δρόμου. Οι επιβάτες γύρισαν με περιέργεια και κύτταξαν τη γυναίκα που έμπαινε. Ήταν ντυμένη κατάμαυρα και φορούσε ένα μαύρο μαντήλι στο κεφάλι. Από κάτω απ' το μαντήλι ξεχείλιζαν να ξανθά της μαλλιά και το πρόσωπό της ήτανε μικρούτσικο σαν παιδιακίσιο, παραπονεμένο κι' όμορφο.

Η γυναίκα κάθησε σε μια γωνιά με τα μάτια σκυμμένα κάτω. Κρατούσε στα χέρια της ένα μεγάλο μάτσο από μενεξέδες και είχε τη ματιά της καρφωμένη απάνω στα λουλούδια, σαν να μιλούσε όλη την ώρα μαζή τους. Στο χέρι της, ένα άσπρο παχουλό χεράκι μια χρυσή βέρα άστραφτε στο μεσιανό δάκτυλο.

Ένας επιβάτης είπε κρυφά στον άλλον:

—Κάποια χήρα θα είναι.

Ο άλλος του είπε, λιγώνοντας τα μάτια του :

—Τι όμορφη που είναι!...

Ο πρώτος ξαναείπε:

—Το μαύρο μαντήλι την κάνει ομορφότερη....

Ο δεύτερος αναστέναξε.

Οι δυο μαζή γύρισαν και την κύτταξαν με γλυκά μάτια. Ο πρώτος ήταν ξανθός, με μεγάλα μουστάκια και γαλανά μάτια. Ο δεύτερος μελαχροινός, χλωμός, με λίγο μαύρο χνούδι απάνω απ' το χείλι του.

Η γυναίκα σήκωσε τα μάτια της και τους κύτταξε, σαν να κατάλαβε πως μιλούσαν γι' αυτήν. Τα μάτια της όμως πέσανε απάνω στο μελαχροινό. Τα κατάμαυρα μαλλιά και γένεια, τα μάτια του μαύρα σαν την πίσσα, σαν ένα πένθος χυμένο απάνω στο χλωμό πρόσωπο, τράβηξαν τη θλιμμένη ψυχή της, σαν να ταίριαζαν με τον πόνο της. Χαμογέλασε κ' έσκυψε πάλι απάνω στο μάτσο με τους μενεξέδες, και ξανάρχισε με τα λουλούδια την ομιλία που είχε διακόψει.

Σε λίγο άρχισε να διορθώνη τα λουλούδια με τα παχουλά, νευρικά της δάκτυλα. Δυο κλώνοι με μενεξέδες της πέσανε κάτω στο πάτωμα. Ο μελαχροινός κύριος έσκυψε να τους σηκώση. Τους πήρε και τους πρόσφερε στη γυναικούλα μ' ένα κίνημα ευγενικό. Εκείνη τον κύτταξε γλυκά και του είπε:

—Δεν πειράζει, κύριε. Κρατήστε τα, αν σας κάνουν ευχαρίστηση.

Ο μελαχροινός κύριος ευχαρίστησε τη γυναίκα μ' ένα γλυκό χαμόγελο, έφερε τους μενεξέδες στα χείλη του με μια βαθειάν αναπνοή που έμοιαζε σαν αναστεναγμός κ' έπειτα τους έβαλε με προσοχή στην κουμπότρυπά του.

Στο στρίψιμο του δρόμου η γυναικούλα έγνεψε στον οδηγό. Ο οδηγός κτύπησε το κουδούνι, κ' η γυναικούλα σηκώθηκε με χάρη, χαιρέτισε μ' ένα χαμόγελο τον μελαχροινόν κύριον και κατέβηκε απ' το λεωφορείο.

Οι δυο επιβάτες γύρισαν απ' τα τζάμια και την κύτταζαν. Με το κεφάλι σκυμμένο πάντα τράβηξε το δρόμο που πήγαινε στο νεκροταφείο, το μεγάλο δρόμο με τα κυπαρίσσια.

Ο πρώτος επιβάτης είπε στο δεύτερο:

—Η καϋμένη. Πηγαίνει τους μενεξέδες στον τάφο του ανδρός της. Δεν τονέ ξέχασε ακόμα.

Ο δεύτερος δεν εμίλησε. Έσκυψε και μύρισε βαθιά απάνω στην κουμπότρυπά του το μπουκετάκι με τους μενεξέδες, που τους είχε μοιρασθή μ' έναν πεθαμένο. Τα μάτια του λάμπανε από αγάπη κι' από ζήλεια.

Το λεωφορείο τράβηξε το δρόμο του.

ΤΟ ΔΡΟΜΑΛΑΚΙ ΤΗΞ ΕΥΤΥΧΙΑΣ

Ήτανε μεγάλη γιορτή, μια φωτεινή απριλιάτικη μέρα. Ύστερ' απ' την κακή βαρυχειμωνιά όλη η πλάση απ' άκρη σ' άκρη, ανθρώποι, δένδρα, λουλούδια, ως και το μικρότερο σπυρί του άμμου στην ακρογιαλιά, παίρνανε το μερτικό τους απ' το πανηγύρι του Ήλιου. Κ' ήτανε τόση η χαρά που ανέβαινε απ' τη γη στον ουρανό, που έμοιαζε σαν βαθειά θλίψη μιας απέραντης ψυχής, που πονούσε για τη ματαιότητά της.

Στη μεγάλη εξοχική στράτα, με τις πυκνές δεντροστοιχίες, που έφερνε ολοΐσα στην ωραία την ακρογιαλιά, είχε χυθή ο κόσμος, διψασμένος από ήλιο. Γέροι, νέοι, παιδάκια, άνδρες και γυναίκες, σαν μιαν απέραντη κάμπια, με χίλια χρώματα, που σερνότανε αργά απάνω στο χώμα, ακολουθούσανε ο ένας τον άλλο στην παράξενη λιτανεία του νεόφαντου ήλιου. Ταμάξια παρατρέχανε το ένα το άλλο, ποιο να φθάση γληγορώτερα σε κάποιο φανταστικό πανηγύρι, οι καβαλλάρηδες σχίζανε περήφανοι, με το ρυθμικό τους πέρασμα, το πλήθος και πού και πού καμμιά διαβολική μηχανή, με βαθειά βογγητά ξεπερνούσε με βάναυση ορμή πεζούς και καβαλλάρηδες, σαν ακέφαλο θηρίο, που καμάρωνε την ασχημιά του. Και ο Ήλιος που έγερνε τώρα σιγαλά και λυπημένα προς τη δύση, άπλωνε ένα παράπονο σ' όλη τη φύση, σαν να της μηνούσε πως δεν θα ξαναφανή πια στον ουρανό και πως θα κοιμηθή για πάντα στα βάθη του Ωκεανού.

Πέρα στον κάμπο ένα δρομαλάκι ξεχώριζε μέσα στην πρασινάδα. Ανέβαινε ήσυχα—ήσυχα το λόφο, στριφογύριζε σαν φιδάκι και χανότανε κάπου εκεί πέρα, μακρυά στο φλογισμένον ορίζοντα. Δεν είχε ούτε δένδρα, ούτε σκιές, ούτε διαβάτες. Ψυχή δεν περνούσε απάνω στο έρημο δρομαλάκι, το χώμα του ήτανε ξερό και το χρώμα μονότονο κάτω απ' το φως. Ένα γαϊδουράκι μονάχα νεογέννητο, ξαφνισμένο απ' την πρωτόφαντη ομορφιά του κόσμου, ξέφυγε μια στιγμή απ' τη μάννα του, που έβοσκε δίπλα στο γρασίδι, κ' έφθασε με τρελλά πηδήματα ως εκεί. Προχωρούσε με τα λιγνά κι' αδέξια ποδαράκια του, απάνω στο ξερό χώμα, μα σε λίγο ο αγωγιάτης έφθασε βιαστικός και θυμωμένος και το γύρισε πίσω στη μάννα του. Το αθώο μικρό τον ακολούθησε παραπονεμένο. Και το δρομαλάκι απόμεινε πάλι έρημο. Μα στην ερημιά του μια ήσυχη χαρά ήτανε χυμένη και το άσπρο του χώμα σκορπούσε γύρω στην πρασινάδα μια ευθυμία παράξενη, καθώς το φιλούσε ο Ήλιος. Θαρρούσες πως βασιλεύοντας το λαμπρόν άστρο τούδινε μια γλυκειάν υπόσχεση: "Έννοια σου! Για σένα μόνο θα ξαναφανώ πάλι αύριο την αυγή..."

Στη μεγάλη στράτα ένας παραλυτικός καθότανε κάτω από ένα δένδρο. Ο παραλυτικός, με κλαψιάρικη φωνή, ζητούσ' ελεημοσύνη από τους διαβάτες. Είχε το ένα πόδι του στον τάφο, μα τα μάτια του ήτανε βαθειά και ζωηρά, σαν μάτια παλικαριού, και το βλέμμα του το διαπεραστικό έλεγε πως ξέρει πολλά πράματα, που δεν τα ξέραν οι άλλοι. Είχε ακουμπισμένο το άσπρο του κεφάλι απάνω στον κορμό μιας πιπεριάς και κύτταζε παραπονεμένος το έρημο δρομαλάκι, που άσπριζε μες στην πρασινάδα του κάμπου.

Έρριξα μια πεντάρα στο δίσκο του, γιατί η χαρά κ' η βοή του κόσμου μούφερνε μια παράξενη θλίψη στην ψυχή και ζητούσα να πάρω μιαν αχτίδα χαράς απ' τη δυστυχία του ζητιάνου. Ο ζητιάνος με κύτταξε με αδιαφορία, χωρίς να μ' ευχαριστήση καθόλου, κ' η ελεημοσύνη μου φάνηκε πως του πείραξε τα νεύρα. Εγώ τον ερώτησα:

—Τι κυττάζεις εκεί;

Χωρίς να γυρίση να με ιδή, μου είπε:

—Κυττάζω το δρομαλάκι.

Ο κόσμος περνούσε ακόμα ατέλειωτος στη μεγάλη στράτα. Ταμάξια, αι καβαλλάρηδες, οι πεζοί. Εγώ ξαναρώτησα το ζητιάνο:

—Γιατί κυττάζεις έτσι αυτό το δρομαλάκι;

Ο ζητιάνος χωρίς να γυρίση να με ιδή μου αποκρίθηκε, μ' έναν αναστεναγμό:

—Είναι το δρομαλάκι της ευτυχίας.

Γέλασα και του είπα:

—Ποιος σου το είπε εσένα;

Ο ζητιάνος στενοχωρημένος μου μάσησε δυο λόγια:

—Δεν ξέρω....

Στη μεγάλη στράτα οι διαβάτες ήσαν εύθυμοι, ζωηροί, άλλοι γελούσαν, άλλοι καμάρωναν, άλλοι μιλούσαν δυνατά, με χειρονομίες και σχήματα. Οι πυκνές δενδροστοιχίες άπλωναν την παχειά τους σκιά στο δρόμο. Ο κάμπος ήτανε ολόγυρα γεμάτος από ανεμώνες.

Γύρισα και ρώτησα πάλι τον παραλυτικό:

—Γιατί το δρομαλάκι αυτό είναι έρημο και γιατί κανένας δεν πηγαίνει από κει;

Μ' αγριοκύτταξε και μου είπε πάλι:

—Δεν ξέρω, σου είπα.

Και όμως φαινότανε να ξέρη πολλά πράματα.

—Γιατί δεν πηγαίνεις εσύ; τον ξαναρώτησα.

Γύρισε και μούρριξε μιαν άγρια ματιά απ' τα βαθειά διαπεραστικά του μάτια και μου είπε:

—Γιατί δεν μπορώ να πάω. Δε βλέπεις τα πόδια μου, που είναι πιασμένα;...

Πέρα στον κάμπο το άσπρο δρομαλάκι ξεχώριζε μέσα στην πρασινάδα. Δεν είχε ούτε δένδρα, ούτε σκιές, ούτε διαβάτες. Το χώμα του ήτανε ξερό, το χρώμα του μονότονο κάτω απ' το φως του δειλινού.

—Ας πάω εγώ! είπα μέσα μου. Κάτι θα ξέρη ο δυστυχισμένος αυτός παραλυτικός. Οι δυστυχισμένοι ξέρουν πάντα περισσότερα απ' όλους εμάς τους άλλους.

Άφησα το ζητιάνο και τον κόσμο, που περνούσε ατέλειωτος στη μεγάλη στράτα, κ' έσχισα βιαστικά τον κάμπο. Το νεογέννητο γαϊδουράκι καθότανε παραπονεμένο ακόμα δίπλα στη μάννα του. Πέρασα ένα μικρό μονοπάτι κ' έφθασα ως το δρομαλάκι. Έκαμα κάμποσα βήματα απάνω στο άσπρο, ξερό χώμα και προχώρησα λιγάκι χωρίς διάθεση. Η ερημιά κ' η ξεραΐλα μου κάμανε πλήξη. Σε λίγο άρχισα να βαρυέμαι και το βήμα μου σιγά—σιγά γινότανε ολοένα πιο αργό και πιο απρόθυμο.

—Ποιος ξέρει πού θα με βγάλη αυτός ο δρόμος! είπα μέσα μου.

Έκαμα ωστόσο ακόμα λίγα βήματα, ως που έχασα πίσω μου τη μεγάλη στράτα κ' η βοή του κόσμου άρχισε να σβύνεται σταυτιά μου. Μπροστά και πίσω μου έβλεπα μια λουρίδα άσπρη, μονότονη, χωρίς τέλος. Άρχισα να βαρυέμαι και να μου πιάνεται η αναπνοή μου, όχι τόσο απ' τον κόπο, όσο απ' τη στενοχώρια. Τα πόδια μου βαστούσανε καλά, μα η ψυχή μου ένοιωθα πως γινότανε παραλυτική μέσα μου, σαν το κορμί του ζητιάνου.

—Χωρίς άλλο, είπα με τον εαυτό μου, αυτός ο παραλυτικός είναι ένας ανόητος και δεν ξέρει τι λέει. Ας γυρίσω στη δουλειά μου....

Κοντοστάθηκα μια στιγμή κ' ύστερα γύρισα βιαστικός, σαν να με κυνηγούσαν. Πέρασα τον κάμπο γλήγορα—γλήγορα κ' έφθασα πάλι στη μεγάλη στράτα.

Ο κόσμος περνούσε ακόμα, πιο λιγοστός. Άλλοι γύριζαν πάλι απ' τον περίπατό τους με βήμα αργό και κουρασμένο. Και μου φαινότανε πως όλοι με κύτταζαν και κρυφογελούσαν για την ανοησία μου, σαν να ξέρανε το κάμωμά μου. Ο ζητιάνος ήτανε ακόμα καθισμένος στη ρίζα της πιπεριάς. Μου φάνηκε πως με κύτταζε κι' αυτός και κρυφογελούσε για τη δειλία μου. Το δικό του το κρυφογέλασμα με πείραξε περισσότερο, κ' εγώ δεν ξέρω γιατί, κ' έκαμα να προσπεράσω μπροστά του, φεύγοντας τη ματιά του. Αυτός όμως με είδε και μουρμούρισε:

—Γύρισες πίσω και του λόγου σου;

Κοντοστάθηκα ντροπιασμένος και του είπα, κάνοντας το θυμωμένο:

—Δεν ξέρω τι λες. Αυτός ο δρόμος δε βγάζει πουθενά... Ο ζητιάνος χαμογέλασε αδιάφορα και μουρμούρισε πάλι:

—Και ποιος σου είπε να πας ;

Γύρισε πάλι τα μάτια του κατά τον κάμπο.

—Κυττάζεις ακόμα το δρομαλάκι; του είπα πειρακτικά.

Ήμουνα βέβαιος πως δεν θα μ' αποκριθή. Εκείνος όμως χωρίς να γυρίση να με κυττάξη, μου είπε:

—Όχι. Κυττάζω το φτωχό το γαϊδουράκι, που το γύρισε πίσω ο αγωγιάτης. Είδες πώς φαίνεται λυπημένο;

—Μα γιατί το γύρισε πίσω; τον ξαναρώτησα.

—Κ' εσύ γιατί γύρισες; μ' ερώτησε πάλι.

—Κ' εγώ δεν ξέρω. Μήπως το ξέρεις εσύ;

Ο παραλυτικός αναστέναξε.

—Δεν ξέρω τίποτε. Ξέρω πως τα πόδια μου είναι λυμένα....

Εγώ ακολούθησα πάλι τον κόσμο στη μεγάλη στράτα. Ένα παράπονο, χωρίς να το καταλάβω, πλημμύρισε τα στήθη μου. Κι όλη την ώρα συλλογιζόμουνα το έρημο δρομαλάκι, με το άσπρο, ξερό του χώμα, που δεν είχε ούτε δένδρα, ούτε σκιές, ούτε διαβάτες. Συλλογιζόμουνα το νεογέννητο γαϊδουράκι, που τόδιωξε τόσο άγρια ο αγωγιάτης και θαρρούσα πως τόβλεπα τώρα μεγαλωμένο, γεμάτο πληγές, να σέρνη το φορτίο του στους δρόμους, υπομονετικό και παραπονεμένο. Συλλογιζόμουνα και τον παραλυτικό, που τα πόδια του δε βαστούσανε να τονέ φέρουν ως το λευκό δρομαλάκι και που το κύτταζε θλιμμένος απ' τη ρίζα της πιπεριάς. Και ύστερα τον εαυτό μου, που η ψυχή μου παράλυσε στη μέση του δρόμου και γύρισα πίσω, χωρίς να ξέρω το γιατί. Ο άλλος κόσμος προχωρούσε χωρίς να συλλογίζεται τίποτε. Και το δρομαλάκι έμενε πάντα έρημο, χωρίς δένδρα, χωρίς σκιές, χωρίς διαβάτες.

ΤΑ ΜΑΤΙΑ ΤΟΥ ΤΥΦΛΟΥ

Ο Πέτρος κ' η Μαρία ήτανε δυο αδερφάκια αγαπημένα. Ποτέ δυο πλάσματα στον κόσμο δε σταθήκανε τόσο ταιριαστά και τόσον όμορφα ενωμένα. Ούτε μάννα με το παιδί της, ούτε καλός με την καλή του, ούτε περιστεράκι με το ταίρι του. Ο Πέτρος κ' η Μαρία ήτανε σαν ένα κορμί ασύγκριτα μοιρασμένο, σαν μια ζυγή ψυχούλα, σαν ένα χαμόγελο διπλό και σαν ένα δίδυμον όνειρο. Ο ήλιος χαιρότανε να τους βλέπη από ψηλά, το φεγγάρι αναγάλλιαζε απάνω στα ξανθά μαλλιά τους και τα περιβόλια μεθούσανε απ' τις μυρωδιές στο πέρασμά τους. Μονάχα ο γέρος ο Θεός, σαν έσκυβε και τους καμάρωνε απ' τα ουράνια, μετανοούσε που είχε χωρίσει μια ψυχή σε δυο κομμάτια και πάλι θαύμαζε το θάμα του στης ομορφιάς και της καλοσύνης το ξαναταίριασμα.

Ο Πέτρος κ' η Μαρία είχανε μια ψυχή. Κ' η ψυχή τους είχ' ένα φως. Και το φως των ουρανών έμπαινε και πλημμύριζε τα δυο κορμιά τους από ένα παράθυρο. Γιατί ο Πέτρος ήτανε τυφλός κ' η Μαρία είχε δυο μεγάλα, καταγάλανα μάτια σαν το χρώμα τουρανού και σαν το χρώμα του νερού κάτω απ' το φεγγάρι και σαν το χρώμα των γαλάζιων πετραδιών, που βγαίνουνε απ' το σκοτεινά βάθια της γης. Και γι' αυτό τα μάτια της Μαρίας λάμπανε το ίδιο μέσα στο φως και μέσα στο σκοτάδι. Κι' ο Πέτρος έβλεπε με τα μάτια της Μαρίας και ποτέ του δεν παραπονέθηκε για τα δικά του μάτια, γιατί ποτέ δεν κατάλαβε το στερεμό τους και γιατί η ψυχή του ήτανε πάντα πλημμυρισμένη από φως. Το φως των ουρανών έμπαινε στις δυο ψυχούλες απ' το ίδιο παράθυρο.

Δεν ήτανε ομορφιά στον κόσμο, που δεν την ήξερε ο Πέτρος. Αυγήν—αυγή μόλις ανοίγανε τα μάτια τους, τα δυο τους μεγάλα καταγάλανα μάτια, χειροπιαστοί παίρνανε τους κάμπους και τακρογιάλια. Περνούσανε απ' τανθισμένα περιβόλια, βρέχανε τα πόδια τους στις αμμουδιές, τριπώνανε στους ήσκιους των λαγκαδιών, σκαρφάλωναν σαν κατσικάκια στις ψηλές κορφές και ξάπλωναν τα κορμιά τους να ξεκουρασθούν μέσα στα ξανθά τα στάχυα του κάμπου. Κι' όλο βλέπανε, κι' όλο βλέπανε τις ομορφιές του κόσμου με τα δυο μεγάλα καταγάλανα μάτια τους και ποτέ δεν χόρταιναν.

Τα μάτια του Πέτρου ήτανε γλυκά βασιλεμένα, σαν να τα χρύσωνε πάντα ένα ομορφόνειρο. Και δεν ήτανε θάμα στη γη που δεν τόξερε ο Πέτρος, δεν ήτανε φως, δεν ήτανε χρώμα, δεν ήτανε χάρι κι' ομορφιά που δεν το γνώριζε. Ήξερε πώς προβάλλει ο χρυσός Ήλιος απ' την κορφή του βουνού και πώς ροδίζουνε οι πλαγιές κ' οι κάμποι και πώς ντύνονται τα ωραία τους στολίδια στο φίλημά του δένδρα και λουλούδια. Ήξερε πώς προβάλλει τολοστρόγγυλο φεγγάρι απ' τη θάλασσα και πώς ασημώνει τα ωραία νερά, που ανατριχιαζουνε στο φως του, και τα λευκά πανάκια, που αρμενίζουνε στο πέλαγο. Ήξερε πώς τα ξανθά τα στάχυα μοιάζουνε με τα μαλλιά της Μαρίας και πώς γλυκοσαλεύουνε το απόβραδο με το γλυκόπνοο αεράκι. Και τι δεν ήξερε. Ήξερε πώς κυλάει τα νερά του το ποταμάκι απάνω στασημένια βότσαλα και πώς γλυκοκοιμώνται και ονειρεύονται τα νούφαρα μες στα νερά της λίμνης. Τόσο που πολλές φορές, σκυμμένος απάνω στασάλευτα νερά της, νόμισε πως είδε με τα βασιλεμένα μάτια του καθρεφτισμένο το πρόσωπό του. Και δεν ήξερε αν ήτανε το δικό του πρόσωπο κι' αν ήτανε της αδερφούλας του. Και τότε την αγκάλιαζε γλυκά και της έλεγε:

—Στάσου ακόμα, γλυκειά μου αδερφή. Γιατί μ' αρέσει να βλέπω μέσα στα νερά της λίμνης καθρεφτισμένο το πρόσωπό σου.

Τα μάτια του Πέτρου ήτανε γλυκά βασιλεμένα, σαν να τα χρύσωνε πάντα ένα ομορφόνειρο. Και ωστόσο δεν ήτανε ομορφιά που δεν την ήξερε. Ήξερε όλα ταστέρια με τόνομά τους και ήξερε τους δρόμους και τα μονοπάτια τουρανού που αργοδιαβαίνονν τάστρα, ένα—ένα, δυο—δυο, πολλά—πολλά, άλλα μονάχα και θλιβερά, άλλα δεμένα, αγκαλιασμένα, ταίρια—ταίρια, χαρούμενα στους ήσυχους δρόμους. Κι' απ' όλα ταστέρια καμάρωνε του Αυγερινού τη μοναξιά και αγαπούσε τα Μαλλιά της Βερενίκης. Και με τα βασιλεμένα του μάτια γυρισμένα προς το ουράνιο όνειρο, ρωτούσε την αδερφή του:

—Πού πάει μονάχος και περήφανος ο Αυγερινός;

Κ' η Μαρία του αποκρινότανε:

—Αλλοίμονο! Τα μάτια μας δεν ξέρουνε να μας το πούνε.

Και πάλι τη ρωτούσε ο Πέτρος :

—Τι στάζει στην καρδιά μας ο Αποσπερίτης κ' είναι γλυκό σαν μέλι;

Κ' η Μαρία του αποκρινότανε:

—Αλλοίμονο! Τα μάτια μας δεν φθάνουνε να ιδούνε.

Ο Πέτρος λυπότανε βαθιά, που δεν ήξερε όλα ταπόκρυφα της ομορφιάς του κόσμου. Και ρωτούσε πάλι την αδερφούλα του καρφώνοντας τα βασιλεμένα μάτια προς τα Μαλλιά της Βερενίκης.

—Για πες μου, καλή μου αδερφούλα. Πού βρίσκεται η όμορφη βασίλισσα;

Κ' η Μαρία, ανοίγοντας τα μεγάλα της μάτια προς τον ουρανό, τούλεγε πάλι λυπημένα:

—Αλλοίμονο! Τα μάτια μας δεν φθάνουνε να ιδούνε ως τον έβδομο ουρανό.

Τότε ο Πέτρος της χάιδευε τα ξανθά μαλλιά και της έλεγε:

—Σαν ανεβούνε τα ματάκια σου απάνω στάστρα, μη μ' αφήσης μοναχό μου. Πάρε με μαζή σου να ιδούμε την όμορφη Βερενίκη.

Η Μαρία έσκυβε τότε τα μεγάλα της μάτια και πότιζε με δάκρυα το χορτάρι. Και μόνον αυτά δεν έβλεπε ο Πέτρος, γιατί κυλούσαν σιγά και μυστικά στο χώμα.

Τα μάτια του Πέτρου ήτανε πάντα γλυκά βασιλεμένα. Κι' ωστόσο δεν ήτανε ομορφιά κι' αγάπη που δεν την ήξερε. Ήξερε ακόμα πώς σφικτοπεριπλέκεται ο μαύρος ο κισσός ολόγυρα στολόχλωρο κορμί του γεροπλάτανου και ολόγυρα στο κάτασπρο το μάρμαρο μιανής αρχαίας κολώνας. Και σφίγγοντας την αδερφούλα του στην αγκαλιά του, της έλεγε γλυκά και λυπημένα:

—Πόσο μοιάζω κ' εγώ το σκοτεινό περιπλοκάδι του κισσού....

Ένα πρωί ανοιξιάτικο, που η πλάση αλάκερη πεντοβολούσε απ' τις μυρωδιές, μέσα σ' ένα δροσάτο φως, τα περιβόλια κ' οι ακρογιαλιές δεν είδανε τον Πέτρο και τη Μαρία. Ο Πέτρος ήτανε βαρυά πεσμένος στο στρώμα. Όλο το κορμάκι του έκαιγε σαν το καμίνι, το κούτελό του ήτανε σαν πέτρα πυρωμένη απ' τον ήλιο του Θεριστή και τα μεγάλα του ξανθά μαλλιά μοιάζανε σαν φλόγες, που καίγανε αλύπητα τωραίο του κεφάλι.

Δίπλα του η Μαρία τον παράστεκε βουβή και πικραμένη. Τα μεγάλα, καταγάλανα μάτια της, που ποτέ δεν είχανε βασιλέψει για να βλέπουνε τις ομορφιές του κόσμου, βασιλεμένα τώρα προς το χώμα, στάζανε δάκρυα μυστικά.

Μα τώρα το φως έμπαινε από άλλο παράθυρο στις δυο ζυγές ψυχούλες. Τώρα η Μαρία έβλεπε με τα μάτια του τυφλού. Κι ο Πέτρος μέσα στο καμίνι που τον έκαιγε, μιλούσε με μια φωνή περίσσια γλυκειά, με μια φωνή δροσιά γεμάτη. Γιατί ο Πέτρος έβλεπε τώρα άλλες ομορφιές και θάματα που δεν τα είχανε ιδεί ακόμα. Και μιλούσε γι' άλλα λουλούδια κι' άλλα χρώματα, μιλούσε για κορφοβούνια και κάμπους που δεν τους είχε πατήσει το πόδι τους. Μιλούσε για ποταμάκια και νερά και λίμνες που δεν είχανε καθρεφτίσει ως τώρα το πρόσωπό τους. Και μια ουράνια χαρά ήτανε χυμένη στο πρόσωπό του κ' ένα φως χρυσογάλαζο έλουζε τα βασιλεμένα μάτια του. Και καθώς μιλούσε έπιασε σφικτά το χέρι της αδερφούλας του και της είπε:

—Έλα τώρα να σου πω μυστικά, πού πάει μονάχος μες στη γαλάζια σιγαλιά ο Αυγερινός, και τι μας στάζει στην καρδιά μας ο Αποσπερίτης κ' είναι γλυκό σαν μέλι. Κ' έλα τώρα, αδερφούλα μου γλυκειά, να σου δείξω την όμορφη βασίλισσα, τη χρυσομάλλα Βερενίκη, μέσα στο φως του έβδομου ουρανού....

Κ' η φωνή του σβύστηκε γλυκά, σαν στάλαγμα νερού με στου νερού τον ύπνο.

Η Μαρία έγυρε απάνω του και τα μεγάλα καταγάλανα μάτια της γίνανε συννεφιασμένοι ουρανοί και χύσανε καταρράκτες δάκρυα να σβύσουνε τη φλόγα πούκαιγε τον αδερφό της. Τα δάκρυά της σβύσανε τη φλόγα του κι' ο Πέτρος έγινε κρύος σαν το μάρμαρο. Η Μαρία τον έσφιξε στην αγκαλιά της και τα χείλια της σαλέψανε μ' ένα παράπονο, που δε στάθηκε παρόμοιο στη γη. Και του είπε, κυττάζοντας τα βασιλεμένα μάτια του:

—Αλλοίμονο! γλυκέ μου. Πόσο μοιάζω κ' εγώ με το σκοτεινό περιπλοκάδι του κισσού, που αγκαλιάζει το κρύο το μάρμαρο.

Η Μαρία δε σήκωσε πια τα μάτια της να ιδή καμμιάν ομορφιά του κόσμου. Τώρα έβλεπε με τα μάτια του Πέτρου. Κ' έβλεπε τις ομορφιές που κανένα μάτι δεν τις βλέπει....

ΟΜΟΡΦΟΣ ΚΟΣΜΟΣ

Ήτανε οι δυο αγαπημένοι στον ανθισμένο κάμπο. Απάνω τους ήταν ο Ήλιος, γύρω τους η Άνοιξη και κάτω απ' τα πόδια τους η Θάλασσα.

Και είπε ο Αγαπημένος:

—Τι χρειάζεται η Άνοιξη στην αγάπη μας; Όλα τα χρώματα του κάμπου, όλα τα παιγνιδίσματα των κλώνων κι' όλες οι ευωδιές των λουλουδιών είναι ταιριασμένα απάνω στην αγαπημένη μου. Λίγη μαλακιά χλόη μας φθάνει για κρεββάτι μας.

Κι' ο Θεός άκουσε τα λόγια του Αγαπημένου. Όλα τα χρώματα σβύσανε τριγύρω τους, τα δένδρα πέσανε κάτω ξερά, τα λουλούδια μαραθήκανε και τα πουλιά βουβάθηκαν. Λίγη χλόη έμεινε κάτω απ' τα πόδια τους.

Ο Ήλιος φιλούσε ακόμα από ψηλά το αγκάλιασμά τους. Και είπε πάλι ο Αγαπημένος:

—Τι χρειάζεται ο Ήλιος στην αγάπη μας; Τα μαλλιά της αγαπημένης μου λάμπουνε ευγενικώτερα και το στήθος της με ζεσταίνει πιο γλυκά απ' τον Ήλιο. Έν' άστρο ας μείνη ψηλά να μας παραστέκη.

Κι' ο Θεός άκουσε τα λόγια του Αγαπημένου. Ο Ήλιος έσβυσε απάνω στο στερέωμα κ' ένα άστρο, γλυκό σαν την Αφροδίτη, έλαμψε στο γαλάζιον αιθέρα, απάνω απ' το αγκάλιασμά τους.

Κι' ο Αγαπημένος έσφιξε την αγάπη του απάνω στο στήθος του και κάρφωσε τα μάτια του απάνω στα δικά της. Και είπε πάλι ο Αγαπημένος:

—Τι χρειάζεται η πλατειά Θάλασσα στην αγάπη μας; Τα μάτια της αγαπημένης μου είναι ο πιο πλατύς Ωκεανός. Και μέσα στα βάθη του πλέει άφθαστο ένα χρυσοπράσινο νησάκι. Τι χρειάζεται η πλατειά Θάλασσα στην αγάπη μας;

Κι' ο Θεός άκουσε τα λόγια του Αγαπημένου. Και η πλατειά θάλασσα στέρεψε κάτω απ' τα πόδια τους.

Οι δυο αγαπημένοι ξαπλώθηκαν απάνω στη μαλακιά χλόη. Το μοναχικό άστρο φώτιζε από ψηλά το αγκάλιασμά τους μ' ένα ζηλόφθονο φως.

Δυο λευκοί άγγελοι, που σχίζανε το στερέωμα απ' Ανατολή σε Δύση, σταμάτησαν ξαφνισμένοι απάνω απ' τους αγαπημένους το γλήγορο πέταγμα και ζύγιασαν τα φτερά τους.

Ο ένας άγγελος είπε στον άλλον:

—Τι όμορφος κόσμος!...

Και τίναξαν πάλι τις φτερούγες τους και τράβηξαν το δρόμο τους απ' Ανατολή σε Δύση.

ΤΟ ΦΙΛΙ

Οι βιολιτζήδες κατέβαιναν απ' το βουνό, με τα όργανα τυλιγμένα μέσα σε μαβιές, πάνινες θήκες, κάτω απ' τη μασχάλη, σκονισμένοι, βιαστικοί, να φθάσουν κάτω στο γυαλό. Γύριζαν ψηλά απ' το χωριό ξενυχτισμένοι σε ξεφαντώματα.

Ο γέρω—Μπούμας ο περαματζής, μέσα στη μικρή του φελούκα, ακουμπισμένος στην κουπαστή, με το αρμίδι στα τρεμουλιαστά του χέρια, ακολουθούσε, με τα μεγάλα θαλασσιά μάτια του, ένα κοπάδι τρελλούς σπάρους, που τριγύριζαν γύρω στο δόλωμά του. Το μάτι του, παίζοντας ανάμεσα στερηάς και θάλασσας, πήρε τα παλικάρια που ροβολούσαν απ' το βουνό. Μάζεψε το αρμίδι του, έβαλε τη λαγουδέρα στο τιμόνι, πήρε το αγκουρέτο μες στη βάρκα, ζύγωσε τη βάρκα στη σκάλα κι' άρχισε να λύνη το μεγάλο κόκκινο πανί.

Οι βιολιτζήδες πήδησαν μες στη βάρκα.

—Άλα, γέρο! Πήρε να φρεσκάρη. Αβάρα να φεύγουμε...

Το πανί φούσκωσε λασκάδο. Η φελούκα γλύστρησε επάνω στα βραδυνά νερά. Ο περαματζής, καθισμένος απάνω στην κουπαστή της πρύμης, έστριψε ένα τσιγάρο, κουμαντάροντας με το ζερβί γόνατο τη λαγουδέρα, πατώντας με το δεξί πόδι πεισματικά την άκρη της σκότας. Το αεράκι, φρεσκάροντας ολοένα, ανέμιζε τα μακρυά, άσπρα του μαλλιά σαν μιαν άσπρη σημαία ειρήνης ψηλά στην πρύμη. Η βάρκα πήγαινε γεμάτα κατά τον κάβο αντίπερα, λάσκα το μεγάλο κόκκινο πανί.

—Γεια σου, γέρο, είπε το Φλάουτο, ένα παλιόπαιδο αμούστακο και αδιάντροπο, πειράζοντας το γέρο.

Το Μπουζούκι και το Βιολί, δύο μεσόκοποι χλωμοί και κομμένοι από το ξενύχτι και το κρασί, πάσχιζαν να πάρουν κανέναν ύπνο, ακουμπώντας με χασμουρητά στην τεντωμένη σκότα.

—Γεια σου, γερω—μπαμπαλή! ξαναφώναξε το Φλάουτο. Καλά κουμαντάρεις. Βάρδα μονάχα μη τσακίσης την ξέρα...

Ο γέρος τράβηξε το τσιγάρο του, έβγαλ' ένα σύννεφο καπνό από το στόμα και τα ρουθούνια, κυττάζοντας με περιφρόνηση το παλιόπαιδο· το πανί άρχισε να παίζη, σε λίγο κρεμάστηκε σαν κουρέλι. Το Μπουζούκι και το Βιολί, που τους έλειψε το ακουμπιστήρι, ξυπνήσανε μαχμουρλήδες. Το αεράκι ξεψύχησε ολότελα. Ο γέρος κύτταξε ολόγυρά του και κάτι μουρμούρισε μέσα του.

—Κάλμα, πανάθεμάτην! είπε σε λίγο δυνατώτερα.

Έξαφνα γυρίζοντας στο Φλάουτο:

—Να, γρουσούζη! είπε φασκελώνοντάς τον.

Το Μπουζούκι και το Βιολί τινάχτηκαν φουρκισμένοι, παίρνοντας το μέρος του παιδιού.

—Γέρο, μέτρα τα λόγια σου! είπαν κ' οι δυο με ένα στόμα, ζυγώνοντας άγρια το γέρο.

—Γέρο—ξεκουτιάρη! πρόσθεσε παίρνοντας θάρρος το Φλάουτο.

Ο γέρος έδωκε τόπο της οργής. Μάζεψε το πανί, πήρε μέσα το φλόκο κ' έβαλε τα κουπιά στους σκαρμούς, Οι βιολιτζήδες τα γύρισαν κι' άρχισαν πάλι τα πειράγματα.

—Έλα, γέρο—πατέρα, άσε τώρα τα κουπιά και παίξε μας κανένα σκοπό, να θυμηθής τα ντέρτια σου, ως που να βγάλη η στεριά! είπε το Βιολί.

—Έλα γέρα, πάρε το φλάουτο και φύσα! επρόσθεσε το παιδί, δίνοντάς του με καμώματα το όργανο και γελώντας κάτω από την άχνα του μουστακιού του.

Οι άλλοι ξεράθηκαν στα γέλοια.

Ο γέρος πέταξε το κουπιά και τινάχτηκε μπροστά στον πάγκο, ίσιος τώρα σαν λαμπάδα, με τα μάτια σπιθόβολα, με το μεγάλο μέτωπο φωτισμένο.

Οι άλλοι τραβήχτηκαν φοβισμένοι, σαν να τους έσκιαξε το κίνημα το ανδρειωμένο του γέρον, ολόρθου ανάμεσό τους μέσα στη γαλήνη του βασιλέματος.

—Το φλάουτο, βρε ζαγάρι, φέρτο δω το φλάουτο…

Και του άρπαξε τόργανο από τα χέρια. Το παιδί θάρρεψε πως θα του το τσακίση στο κεφάλι.

—Το φλάουτο, βρε ζαγάρια! Ο γέρο—Μπούμας δεν τα σκιάζεται τα όργανα. Τούτη η τέχνη τονέ γέρασε τον Μπούμα!…

Τόνομα του Μπούμα έπεσε σαν αστροπελέκι μες στη σιγαλιά του κοιμισμένου γιαλού. Οι βιολιτζήδες κιτρίνισαν. Η φωνή τους εκόλλησε στο λαρύγγι. Ανασηκώθηκαν ξαφνιασμένοι σαν να περνούσαν μπροστά τους τα Άγια Μυστήρια.

—Ο Μπούμας! μουρμούρισαν κυττάζοντας ο ένας τον άλλον.

Ο τρανός τεχνίτης εφάνταζε μπροστά τους, μεγάλος και παντοδύναμος, κρατώντας ακόμη στα χέρια του τη δύναμη που ράγιζε τα λιθάρια και ημέρευε τα θηρία.

Ο γέρος έβαλε τα δάκτυλα στις τρύπες του φλάουτου,

τώφερε ανάλαφρα στο στόμα και κόλλησε τα χείλη του απάνω του σ' ένα φιλί μεθυσμένο, γεμάτο γλύκα και τρεμούλα. Σαράντα χρόνια είχαν να φιληθούν ο γέρο—Μπούμας με το φλάουτο. Τα χείλη του δεν ξεκόλλησαν από πάνω. Και από το φιλί εκείνο χύθηκε γύρω του κ' επλημμύρησε τον ήσυχον αέρα μια αρμονία ανήκουστη. Ένα μέλι χρυσοκίτρινο άρχισε να στάζη από τα λιγωμένα σύννεφα του βασιλέματος στα αέρινα βουνά, στις γαλάζιες στεριές περίγυρα, στα βαθυκοιμισμένα νερά, κ' ένα λίγωμα θανάτου κράτησε την αναπνοή του απέραντου θόλου. Ο γέρος, όρθιος, ακούνητος, φιλούσε, φιλούσε ολοένα το μαγεμένο στόμα. Και η βάρκα, με το πανί λασκάδο, χωρίς καμμιά πνοή περίγυρα, άρχισε να σχίζη το κύμα, βουβό στην πλώρη της, να μακραίνη μαγεμένη απ' τη στεριά και να χάνεται στο χρυσό χάος του πελάγου. Σε λίγο μόνο τα μεγάλα μαλλιά του γέρου ανέμιζαν, σαν σβύσιμο αφρού, ανάμεσα στα μαγεμένα νησιά…

ΤΟ ΑΤΕΛΕΙΩΤΟ ΠΑΡΑΜΥΘΙ

Ι

Εμείς τα παιδιά ξέραμε πολλά πράγματα. Είχαμε ταξιδέψει σε μεγάλες πολιτείες, είχαμε πάει στα μουσεία, που έχουν μέσα αραδιασμένα όλα τα πιο παράξενα πράματα του κόσμου, πηγαίναμε στα μεγάλα θέατρα, που βγαίναν' ανθρώποι, ντυμένοι με παράξενα ρούχα, και μιλούσαν και μάλλωναν και σκότωνε ο ένας τον άλλον και κλαίγανε και γελούσαν και κάποτε χόρευαν κ' έκαναν ό,τι μπορεί να φαντασθή άνθρωπος. Είχαμε ιδεί και τους ζωολογικούς κήπους με όλα τα παράξενα ζώα και τα πουλιά που έχει ο κόσμος. Ξέραμε και γράμματα εμείς, και ο δάσκαλος, απάνω στη δασκαλοκαθέδρα, μας μάθαινε την ιστορία, μας έλεγε για τους μεγάλους βασιλιάδες και τους μεγάλους πολέμους, για τους θεούς τους αρχαίους, που χάθηκαν, για τους ήρωες τους ξακουστούς, για τους μαρμαρένιους ναούς, που κοίτονται τώρα γκρεμισμένοι τριγύρω μας και…. τι δεν μας έλεγε!…

Η γιαγιά η κακομοίρα δεν ήξερε τίποτε απ' όλα αυτά. Δεν είχε ταξιδέψει στης μεγάλες πολιτείες, ούτε ήξερε τα μουσεία, ούτε είχε πάει ποτέ της στα θέατρα, μόνο καθότανε πάντα στο σπίτι κ' έξαινε τη ρόκα της. Ούτε γράμματα ήξερε, ούτε ιστορία, ούτε την έμελε για τίποτε απ' όλα τα πράματα που λένε οι δάσκαλοι. Μα η γιαγιά ήξερε άλλα πράματα, που δεν τα ξέραμε εμείς. Αυτή ήξερε κάτι βασιλιάδες, που δεν μοιάζανε με τους άλλους τους δικούς μας, βασιλιάδες με πλούσια παράξενα ρούχα, που είχαν τα βασίλειά τους σε χώρες μακρυνές και όμορφες. Ήξερε βασιλοπούλες, που ήσαν κλεισμένες σε κρυσταλλένια παλάτια, μάγισσες με χρυσά δακτυλίδια, που παίρνανε τη ζωή του ανθρώπου, σαν τα φορούσε, και άλλες που είχαν πάλι μαγικές βέργες κι' ανάσταιναν τους πεθαμένους. Ήξερε νεράιδες που παίρνουν τη μιλιά του ανθρώπου, ήξερε δράκους και καλλικάντζαρους και μαγικά βοτάνια, που κάνανε κάθε λογής θαύματα. Και όλα αυτά τα είχε ιδεί με τα μάτια της και τάχε πιάσει με τα χέρια της. Και τι δεν είχε ιδεί! Είχε ιδεί παλάτια θεμελιωμένα μέσα στα νερά, κι' άλλα παλάτια που έμπαινες μέσα και δεν ήτανε ψυχή κι' άξαφνα στρωνότανε μπροστά σου ένα τραπέζι με όλα τα καλά του κόσμου κ' έτρωγες κ' έπινες και ύστερα πάλι το τραπέζι χανότανε από μπροστά σου. Είχε ιδεί περιβόλια με φουντωμένα δένδρα, που κάνανε χρυσά φρούτα, και λίμνες, που άμα έσκυβες απάνω στα νερά τους, έβλεπες κάτω βασίλεια αλάκερα με σπίτια και καμπαναριά και περιβόλια, και άμα κύτταζες πολύ, μια λάμια σε τραβούσε κάτω στα βάθη και δεν ξανάβγαινες πια. Και τι δεν είχανε ιδεί τα μάτια της!

Εμείς δεν ξέραμε τίποτε απ' όλα αυτά. Όχι εμείς μονάχα, αλλ' ούτε ο πατέρας, που είχε ταξιδέψει όλον τον κόσμο, τα ήξερε, ούτε ο δάσκαλος, που είχε διαβάσει όλα τα βιβλία. Και γι' αυτό, το βράδυ, όταν μαζευόμαστε τριγύρω της, η γιαγιά μάς τάλεγε όλα αυτά και άλλα τόσα ακόμα και τελειωμό δεν είχαν. Κ' εμείς της λέγαμε:

—Τα είδες με τα μάτια σου, γιαγιά;

Κ' εκείνη μας έλεγε:

—Τα είδα με τα μάτια μου, όπως σας βλέπω τώρα.

Και όταν άρχιζε η γλώσσα της και μιλούσε, τότε αρχίζαμε κ' εμείς και τα βλέπαμε, όπως τα είδε κ' εκείνη. Και όταν την άλλη μέρα πηγαίναμε στο σχολείο και μας έλεγε ο δάσκαλος για τους βασιλιάδες τους δικούς του και τους πολέμους των βιβλίων, δεν βλέπαμε τίποτε μπροστά μας. Και λέγαμε κρυφά αναμεταξύ μας:

—Αυτά που λέει ο δάσκαλος είνε παραμύθια.

Ένα βράδυ φορτωθήκαμε πάλι τη γιαγιά. Τι χάδια και τι φιλιά της κάναμε!

—Δεν μπορώ, παιδιά μου, μας είπε, θα πάω να πέσω.

Ήτανε γρηά, μα έκανε τα νάζια της η γιαγιακούλα. Ήθελε να την παρακαλούνε και να την χαϊδεύουν.

—Έλα, γιαγιακούλα, πες μας κανένα παραμύθι, απ' αυτά που είδες με τα μάτια σου.

—Δεν ξέρω, παιδιά μου, είπε πάλι η γιαγιά, σας τα είπα όλα. Δεν έχω πια άλλα.

Μας λυπότανε όμως η γιαγιά, δεν μας χαλούσε χατήρι. Κάθησε, συλλογίστηκε λιγάκι, σαν να πετούσε ο νους της στα περασμένα, αναστέναξε και άρχισε το παραμύθι, όπως πάντα.

—Αρχή του παραμυθιού, καλησπέρα της αφεντιάς σας.

Στριμωχθήκαμε όλοι γύρω της κ' εγώ ακούμπησα σαν πάντα στα γόνατά της και την κύτταζα στα μάτια.

II

—Μια φορά κ' έναν καιρό ήτανε μια μεγάλη βασίλισσα…

—Την είδες με τα μάτια σου, γιαγιά;..

—Την είδα, παιδάκια μου. Μια μεγάλη βασίλισσα, ώμορφη σαν την αυγή. Το βασίλειό της ήτανε ωραίο και πλούσιο. Χρόνια και χρόνια ήθελες να ταξιδέψης για να φθάσης από την μιαν άκρη στην άλλη. Κ' είχε το βασίλειό της όλα τα καλά του κόσμου κι' όλες τις ομορφιές της πλάσης. Από όλες της τις χώρες φορτώματα φθάνανε το χρυσάφι, τασήμι και τατίμητα πετράδια και όσα καλά έβγαζε στεριά και θάλασσα, φορτώματα φθάνανε στα πόδια της βασίλισσας, Κ' η βασίλισσα, που ήταν καλόκαρδη και πονετική, χάριζε όλα της τα πλούτη στους φτωχούς. Και πάλι τίποτε δεν της έλειπε. Μα με όλα της τα καλά, η βασίλισσα είχε έναν πόνο στην καρδιά, γιατί δεν είχε αποκτήσει παιδί. Ο βασιλιάς ο άνδρας της την έβλεπε και του καιγότανε η καρδιά του. Έφερε όλους τους γιατρούς και τους μάγους του βασιλείου, μα κανένας δεν μπόρεσε να την γιατρέψη. Κ' η βασίλισσα έκλαιγε μερόνυχτα και τα μάτια της είχαν μαραθή από τον πόνο και την αγρύπνια.

Η βασίλισσα καθότανε όλη την ήμερα μέσα στο μεγάλο περιβόλι του παλατιού κ' έκλαιγε τον πόνο της. Όμοιο περιβόλι δεν είχε μεταγίνει στον κόσμο. Όλου του κόσμου τα λουλούδια, απ' τους πιο μακρυνούς τόπους κι' απ' τις αλαργινώτερες χώρες, φύτρωναν πλάι—πλάι εκεί μέσα και σκόρπιζαν μυρωδιές παράξενες και μεθυστικές. Και όλης της γης τα δένδρα, με τους πιο πλούσιους και ωραίους καρπούς, εφούντωναν και δροσολογούσαν μέσα στο απέραντο περιβόλι. Ποταμάκια μικρά και χαριτωμένα περνούσαν γύρω στις ρίζες των ψηλών δένδρων και μικρές λίμνες, σπαρμένες μέσα στην πρασινάδα, καθρέφτιζαν τα πυκνόφυλλα κλαδιά με τους χρυσούς καρπούς. Και τα φιδωτά δρομαλάκια του περιβολιού ήσαν στρωμένα με ψιλή άμμο, από διαμάντια και ζαφείρια, που λαμποκοπούσαν στον ήλιο με χίλια χρώματα. Τα πουλιά τραγουδούσαν αδιάκοπα μέσα στα φύλλα, άλλα την ημέρα κι' άλλα τη νύκτα στο φως του φεγγαριού, και οι κάτασπροι κύκνοι ταξίδευαν αργά και καμαρωτά, σαν μικρά καραβάκια μ' απλωμένα πανιά απάνω στις λίμνες. Όλα ήσαν χαρούμενα και γελαστά μέσα στο μεγάλο περιβόλι και μόνο η ωραία βασίλισσα είχε τον πόνο της, ανάμεσα στην ξένη χαρά, και τα δάκρυά της έσταζαν σαν δροσιά απάνω στα φύλλα των λουλουδιών.

Τα δένδρα και τα λουλούδια ήξεραν τον πόνο της. Οι λίμνες και τα ποταμάκια γνώριζαν τον καϋμό της. Τα πουλάκια απάνω απ' τα κλαδιά και οι κύκνοι μέσα απ' τα νερά μια μέρα, που είχε κλάψει πολύ, τη συμπόνεσαν κ' έσκυψαν πονετικά απάνω της. Και της είπαν όλα μαζή:

—Μη κλαις, όμορφη βασίλισσα. Εμείς θα σου χαρίσωμε μια βασιλοπούλα, που τα κάλλη της δε μετασταθήκανε στον κόσμο.

Η όμορφη βασίλισσα αναστέναξε βαθιά και δεν εμίλησε. Της φάνηκε πως ονειρεύεται.

Μια κατακόκκινη τριανταφυλλιά της είπε τότε:

—Εγώ θα της χαρίσω τα μάγουλά της.

Μια ανθισμένη βυσσινιά έσκυψε τα κλαδιά της και της είπε στο αυτί:

—Κ' εγώ τα χειλάκια της.

Ένα λευκό κρίνο περήφανο είπε:

—Κ' εγώ με τα φύλλα μου θα πλάσω το κορμάκι της.

Τα διαμάντια και τα ζαφείρια από τα φιδωτά δρομαλάκια της είπαν:

—Εμείς θα της χαρίσωμε δυο μάτια, που θα λάμπουν περισσότερο από μας.

Από μέσα από μια μουριά, ένα μικρό σκουληκάκι είπε σιγαλά:

—Εγώ είμαι ο μικρός ανυφαντής, που ρουφάω τις αχτίδες του ήλιου και του φεγγαριού. Εγώ θα της υφάνω τα μαλλάκια της.

Ένα πουλάκι, που κελαϊδούσε τη νύκτα με το φεγγάρι, είπε

τραγουδιστά:

—Εγώ θα κτίσω τη φωλιά μου μέσα στα στήθια της και θα κελαϊδώ τα πιο γλυκά τραγούδια μου.

Οι κύκνοι από μέσα απ' τη λίμνη, που δεν είχανε μιλήσει ως τώρα, τίναξαν το φτερά τους και είπανε:

—Εμείς θα της δώσωμε το περπάτημά της.

Και το ψηλό το κυπαρίσι, που μιλούσε με τα σύννεφα, λύγισε με χάρι το κορμί του και είπε:

—Κ' εγώ θα της δώσω τον αέρα του κορμιού της.

Τότε μια αχτίδα, που γλύστρησε ανάμεσα από τα φύλλα, έπεσε απάνω στα δάκρυα της όμορφης βασίλισσας, και τα δάκρυά της άστραψαν σαν διαμαντόπετρες.

—Εγώ είμαι η ψυχή της βασιλοπούλας, είπε η αχτίδα.

Και τα δάκρυα της όμορφης βασίλισσας στέγνωσαν στα ματόκλαδά της, και τα χείλια της χαμογέλασαν πρώτη φορά μέσα στο μεγάλο περιβόλι.

Την άλλη άνοιξι η όμορφη βασίλισσα γέννησε μια βασιλοπούλα, που η ομορφιά της δεν είχε μετασταθή στον κόσμο. Σαν εμεγάλωσε η βασιλοπούλα, αγάπησε τωραίο περιβόλι με τα μεγάλα δένδρα, τα ωραία λουλούδια, τις λίμνες, τα ποταμάκια, τα χαριτωμένα πουλιά και τους λευκούς κύκνους. Όλη την ημέρα η όμορφη βασιλοπούλα σεργιανούσε μέσα στο μεγάλο περιβόλι και μιλούσε με τα λουλούδια και τα πουλιά, γιατί ήξερε τη γλώσσα τους.

Μια μέρα ένα βασιλόπουλο, που στο μακρυνό του βασίλειο είχε φθάσει η φήμη της όμορφης βασιλοπούλας, πήδησε κρυφά μέσα στο περιβόλι και αντάμωσε τη βασιλοπούλα, την ώρα που κολυμπούσε μαζή με τους λευκούς κύκνους, μέσα στα νερά της λίμνης. Η βασιλοπούλα τρόμαξε κ' έκρυψε το κεφάλι της κάτω απ' τη φτερούγα ενός κύκνου. Μα μέσα στα μάτια της τα κλειστά έμεινε χαραγμένη η ζωγραφιά του παλικαριού, με τα μακρυά ξανθά μαλλιά και τα ολόχρυσα ρούχα. Το βασιλόπουλο, σαν είδε την ομορφιά της, θάμπωσαν τα μάτια του, και τα πόδια του καρφώθηκαν στο χώμα. Ακούμπησε απάνω σ' ένα δένδρο σαν λιγοθυμισμένο. Τότε τα δένδρα άρχισαν να βουίζουν δυνατά, τα ποταμάκια να βογγούν σαν θάλασσα και τα πουλιά να φωνάζουν δυνατά όλα μαζή. Άκουσε ο βασιλιάς τη μεγάλη ταραχή κ' έτρεξε στο περιβόλι. Σαν είδαν τα μάτια του το βασιλόπουλο, βγήκε απ' τα λογικά του, έγινε άγριος σαν θηρίο και με μια σφυριγματιά φώναξε τους στρατιώτες του. Πρόσταξε τότε να δέσουν τον ξένο, που αποκότησε να πατήση το περιβόλι του βασιλιά, και να τον πάρουνε μακρυά από τη χώρα του να τον ρίξουν στάγρια θηοία. Κι' από το κακό του πρόσταξε να κτίσουν ένα σιδερένιο πύργο και να κλείσουν μέσα τη βασιλοπούλα. Η βασιλοπούλα άρχισε τα κλάματα και τα παρακάλια, μα ο βασιλιάς δεν άλλαζε γνώμη. Σαν εκτίσθηκε ο πύργος, έκλεισε μέσα τη βασιλοπούλα και κλείδωσε όλες τις σιδερόπορτες και κρέμασε τα χρυσά κλειδιά στη μέση του.

Σαν εκλείσθηκε η βασιλοπούλα μέσα στον πύργο, άρχισε να την τρώη το μαράζι. Έβγαινε απάνω στο ψηλό παράθυρο και κύτταζε μακρυά το περιβόλι με τα μεγάλα δένδρα, τα λουλούδια και τις λίμνες, που είχε αντικρύσει, κρυμμένη κάτω από τη φτερούγα του κύκνου, το ωραίο βασιλόπουλο. Τα δένδρα κουνούσαν από μακρυά τις ψηλές κορφές τους και την χαιρετούσαν, τα λουλούδια της έστελναν χαιρετίσματα με τις πιο γλυκές μυρωδιές τους, και η λίμνη, που γιάλιζε σαν καθρέφτης κάτω απ' τον ωραίο ήλιο, την προσκαλούσε πάλι να λουσθή στα νερά της. Και η βασιλόπουλα έκλαιγε κι' όλο έκλαιγε. Συλλογιζότανε το βασιλόπουλο, που η προσταγή του πατέρα της το είχε στείλει μακρυά, να το φάνε τάγρια θηρία.

Τα δάκρυά της, που πέφτανε ζεματιστά απάνω στα μάγουλά της και στα στήθη της, μαράνανε σιγά—σιγά τα τριαντάφυλλα και τα κρίνα του κορμιού της. Κ' η βασιλοπούλα, σαν έβλεπε τα κάλλη της τα μαραμένα, έκλαιε διπλά δάκρυα για το βασιλόπουλο και για τον εαυτό της. Και τα τριαντάφυλλα και τα κρίνα του κορμιού της όλο μαραγκιάζανε απ' τα ζεματιστά της δάκρυα. Μόνο τα ζαφείρια των ματιών της λάμπανε πιο γλυκά μέσα στα δάκρυα.

Ένα βράδυ καλοκαιριάτικο, που καθότανε στο παράθυρο η βασιλοπούλα, ένα τραγούδι γλυκό ακούστηκε μέσα στη σιγαλιά του φεγγαριού. Η βασιλόπουλα ανατρίχιασε. Γνώρισε τη φωνή που είχε πρωτακούσει μέσα στα νερά της λίμνης, κρυμμένη κάτω απ' τη φτερούγα του κύκνου. Οι ανθρώποι του βασιλιά, που είχαν πάρει το ξένο βασιλόπουλο να το ρίξουν στα θηρία, λυπήθηκαν τα νειάτα του, το πήρανε μακρυά, όξω από τα σύνορα της χώρας, και του χαρίσανε τη ζωή. Και το βασιλόπουλο ξεκίνησε πάλι, διάβηκε όρη και βουνά, διάβηκε θάλασσες και ποτάμια κ' έφτασε ένα δειλινό στο μαγεμένο περιβόλι. Τα δένδρα σαν το είδαν από μακρυά, μετανόησαν που το είχανε προδώσει με το βουητό τους, το λυπηθήκανε και τούδειξαν μακρυά, στην κορυφή του βουνού, το σιδερένιο πύργο, που ήταν κλεισμένη η βασιλοπούλα.

Σαν ετελείωσε το γλυκό τραγούδι, η βασιλόπουλα έσκυψε απ' το ψηλό παράθυρο και τα δάκρυά της στάζανε κάτω στο χώμα. Το φεγγάρι φιλούσε τα δάκρυά της και τάκανε μαργαριτάρια. Τότε το βασιλόπουλο σήκωσε ψηλά τα μάτια του και είδε δυο ζαφείρια. να λάμπουν, σαν άστρα, μέσα στο σκοτάδι του παραθυριού. Και σαν τα είδε είπε μέσα του:

—Αυτά είναι τα μάτια της αγαπημένης μου.

Ζύγωσε τότε κάτω απ' το ψηλό παράθυρο και είπε με μια φωνή, που πέταξε απ' τα χείλη του σαν τραγούδι, μέσα στη σιγαλιά του φεγγαριού.

—Μέρες και μήνες περπατώ στο φως και στο σκοτάδι, για να σας βρώ, γλυκά μου μάτια. Πέρασα βουνά και θάλασσες, διάβηκα ποτάμια και γκρεμνούς. Ρίξε τα ξανθά σου τα μαλλιά, αγάπη μου, κάν' τα σκάλα τα μαλλιά σου, νανεβώ και να πεθάνω στα πόδια σου. Γιατί είμαι αποσταμένος από το δρόμο και θέλω να κοιμηθώ για πάντα σιμά σου.

Η βασιλοπούλα δεν αποκρίθηκε. Γύρισε και είδε τα τριαντάφυλλα και τα κρίνα του κορμιού της, που τάχαν μαράνει τα δάκρυά της. Και τότε την έπιασε ένα παράπονο κ' έκλεισε το παράθυρό της. Δεν είχε πια τριαντάφυλλα και κρίνα να χαρίση στον αγαπημένο της. Κλείσθηκε μέσα στον πύργο και τα δάκρυά της τρέχανε ποτάμι απάνω στα μαραμένα λουλούδια του κορμιού της.

Το βασιλόπουλο σαν είδε κ' έκλεισε το παράθυρο είπε μέσα του:

—Πέρασαν χρόνια και καιροί και η αγαπημένη μου με ξέχασε. Διάβηκα ποτάμια και γκρεμνούς, πέρασα βουνά και θάλασσες για να την ανταμώσω. Καλλίτερα να μη με είχαν σπλαχνισθή οι ανθρώποι του βασιλιά, καλλίτερα να με είχανε φάει τάγρια θηρία.

Η βασιλοπούλα, μέσα στα δάκρυά της, θυμήθηκε τη νεράιδα, που 'ρχότανε κάθε άνοιξι στωραίο περιβόλι και ράντιζε τα μαραμένα τα λουλούδια μ' ένα μαγικό νερό και τα λουλούδια ξανανθίζανε με την πρώτη τους δροσιά. Κ' έλεγε μέσα της:

—Νάχα το αθάνατο νερό, που ανασταίνει τα λουλούδια. Τότε θα κρεμούσα τα μαλλιά μου απ' το παράθυρο και θα τάκανα σκάλα νανεβή ο αγαπημένος μου…

Και όλο έκλαιγε, μέσα στο σκοτάδι.

Το βασιλόπουλο τράβηξε κατά τα μάτια του.

—Θα πάρω πάλι τα γκρεμνά και τα ποτάμια, θα διαβώ τις θάλασσες και τα βουνά, να φύγω μακρυά απ' την κακιά μου αγάπη.

Και τράβηξε πάλι μακρυά απ' το σιδερένιο πύργο.

Σαν περνούσε από το μεγάλο περιβόλι, κοντοστάθηκε και κύτταξε τα ψηλά δένδρα. Τα πόδια του τρέμανε και δεν μπορούσε πια να περπατήση.

Τότε τα ψηλά δένδρα τον λυπηθήκανε, μετανόησαν που τον είχαν προδώσει με το βουητό τους, και το ψηλό το κυπαρίσσι, που άγγιζε με την κορφή του το φεγγάρι, τούγνεψε από ψηλά και του είπε:

—Σαν θέλης να ξανάβρης την αγάπη σου, βάλε ατσάλι στην καρδιά και σίδερο στα πόδια και τράβα το μονοπάτι που ανεβαίνει στο βουνό.

Το βασιλόπουλο αναστέναξε.

—Μέρες και νύχτες περπατώ, ματώσανε τα πόδια μου από το δρόμο και ράγισε η καρδιά μου απ' τους αναστεναγμούς. Και τώρα που βρήκα την αγάπη μου, η αγάπη μου δε με θέλει. Και τώρα πού να πάγω να την εύρω;

Το κυπαρίσσι του ξανείπε πάλι;

—Βάλε σίδερο στα πόδια σου και πάρε το μονοπάτι που ανεβαίνει στο βουνό. Τράβα ολοένα κατά εκεί που βγαίνει ο ήλιος. Μέρες και μήνες θα ιδής τον ήλιο ν' ανατέλλη και ολοένα θα κυνηγάς το κάθε του φανέρωμα. Βουνά και κάμπους θα περάσης, βράχους και γκρεμνά. Και σαν ιδής τον ήλιο να βγαίνη στεφανωμένος με τριαντάφυλλα, εκεί θα σταματησης. Απάνω σένα βουναλάκι, που θα ιδής να πρασινίζουν δάφνες και μυρτιές, θα ξανοίξης μια βρύσι μαρμαρένια. Το νερό στάζει απ' τη μαρμαρένια βρύσι σαν δάκρυο.

Το βασιλόπουλο αναστέναξε.

—Κακά δένδρα είναι, είπε μέσα του, και γελούνε με τον πόνο μου. Εγώ θα καθήσω να ξεψυχήσω εδώ, κάτω απ' το σιδερένιο πύργο.

—Μήνες θα κάτσης γονατιστός, ξαναείπε το κυπαρίσσι, ως που να γεμίσης το σταμνί σου. Και σαν το γεμίσης θα ξεκινήσης πάλι, με της νύκτας το δρόμο, θα πάρης πάλι βουνά και λόγγους και θα γυρίσης πίσω. Σαν γυρίσης ζωντανός, η βασιλοπούλα θα γίνη δική σου.

Το βασιλόπουλο γύρισε και κύτταξε τα ματωμένα του ποδάρια και τα κουρελιασμένα του ρούχα, ύστερα σήκωσε τα μάτια του και κύτταξε το μονοπάτι που σκαρφάλωνε στην κορφή του ψηλού βουνού. Και το πήρανε τα κλάματα.

—Αλλοίμονο! είπε. Τα πόδια μου δε με βαστάνε πια. Θα καθήσω εδώ να ξεψυχήσω.

Παρακάλεσε το χάρο ναρθή να το γλυτώση απ' τα βάσανά του. Μα ο χάρος δεν ερχότανε. Τότε πήρε το ραβδί του, σηκώθηκε με κόπο απ' το χώμα και ξεκίνησε στον καινούριο δρόμο.

Τα λουλούδια και οι κύκνοι του περιβολιού τον βλέπανε, που ανέβαινε το έρημο μονοπάτι. Ύστερα τον εχάσανε. Και ρώτησαν τα λουλούδια κ' οι κύκνοι τα ψηλότερα δένδρα:

—Περπατάει ακόμα;

Τα ψηλότερα δένδρα, που τον βλέπανε να κατεβαίνη μια ρεματιά, αποκρίθηκαν:

—Περπατάει. Ταγκάθια κ' οι πέτρες του μάτωσαν τα ποδάρια· μα περπατάει ακόμα.

Ύστερα, σαν ανέβηκε στην κορφή του βουνού και χάθηκε πίσω απ' τα ψηλά έλατα, τα δένδρα δεν τον βλέπανε πια. Και ρώτησαν τα δένδρα το ψηλό το κυπαρίσσι:

—Περπατάει ακόμα;

Το ψηλό το κυπαρίσσι, που έβλεπε πίσω απ' το βουνό, το μεγάλο κάμπο, αποκρίθηκε:

—Το χορτάρι που πατεί γίνεται κόκκινο απ' το αίμα των ποδαριών του μα περπατάει ακόμα.

Ύστερα τον έχασε και το ψηλό το κυπαρίσσι, που έβλεπε το μακρυνό κάμπο.

Και είπανε όλα τα δένδρα μαζή και τα λουλούδια κ' οι κύκνοι:

—Τι να γίνεται το δυστυχισμένο το βασιλόπουλο!...

Και τα πήρε ένα παράπονο, γιατί τώρα μετανοούσαν που το μαρτύρησαν στον βασιλιά.

Τότε το κυπαρρίσι ρώτησε ένα συννεφάκι κόκκινο που περνούσε δίπλα του:

—Μην είδες το βασιλόπουλο;

Και το συννεφάκι του αποκρίθηκε:

—Το είδα που περνούσε ένα άγριο ποτάμι. Και τα νερά του ποταμιύυ γινήκανε πιο κόκκινα από μένα. Και σαν επέρασε το ποτάμι, πήρε πάλι τα βράχια και τα γκρεμνά.

—Περπατεί ακόμα; ρώτησε το κυπαρίσσι φοβισμένο.

—Περπατεί... είπε το συννεφάκι και πέρασε. Ολοένα περπατεί...

III

Η γιαγιά ακούμπησε ήσυχα το κεφάλι της στην καρέκλα, πήρε βαθιά την αναπνοή της και σταμάτησε. Έτσι έκανε κάποτε τα νάζια της η γιαγιά και σταματούσε στη μέση του παραμυθιού. Ήθελε χάδια και παρακάλια. Σαν πέρασε λίγη ώρα την εσκούντησα και της χάιδεψα τα γόνατα.

—Έλα, γιαγιά, πες μας τώρα, περπατεί ακόμα το βασιλόπουλο;

Η γιαγιά δεν μιλούσε. Μόνο μας κύτταζε με κάτι μάτια παράξενα.

Σηκωθήκαμε όλοι και την τριγυρίσαμε. Άλλος της χάιδευε τις πλάτες, άλλος τάσπρα της μαλλιά κι' άλλος τα γόνατά της. Εγώ την έβλεπα στα μάτια και την παρακαλούσα.

—Έλα, γιαγιακούλα, άφησε τώρα τα νάζια σου, πες μας τι έκανε το βασιλόπουλο. Περπατεί ακόμα;

Η γιαγιά μας κύτταζε με τα μάτια ανοικτά, χωρίς να μας μιλή. Η ματιά της όμως ήτανε παράξενη και μας έκανε φόβο. Ά! χωρίς άλλο, κάτι θάπαθε το βασιλόπουλο και δεν ήθελε η γιαγιά να μας το πη...

—Πες το, γιαγιά, πες μας το. Πέθανε το βασιλόπουλο;

Η γιαγιά δεν μιλούσε. Η γιαγιά δεν εμίλησε καθόλου εκείνη τη βραδειά. Ήτανε βαριά άρρωστη. Ήλθαν και την πήραν στο κρεββάτι της. Έτρεξαν οι γιατροί, μαζεύτηκαν όλοι γύρω της. Μα η γιαγιά δεν εμίλησε. Μέρες πολλές δεν έβγαλε λόγο. Καθότανε σαν πεθαμένη στο κρεββάτι της και μόνο κινούσε κάποτε—κάποτε το δεξί της χέρι στον αέρα, για να ζητήση κάτι.

Εγώ έμπαινα κρυφά στην κάμαρά της, της έπιανα το χέρι της και το φιλούσα.

—Γιαγιά! άνοιξε το στόμα σου, γιαγιά, και πες μου τι έγινε το βασιλόπουλο. Πες μου το εμένα κρυφά. Δεν θα το μαρτυρήσω σε κανένα,

Του κάκου. Η γιαγιά δεν ήθελε να μου πη τίποτε...

Ύστερα από λίγες μέρες έκλεισε τα μάτια της και πέθανε. Ήρθαν και την πήρανε με ψαλμωδίες και λιβανητά. Πήγαινα κ' εγώ πίσω, με τα δάκρυα στα μάτια. Η γιαγιά έφευγε για πάντα κ' έπαιρνε μαζή της το μυστικό. Το πήρε μαζή της κάτω από τα ψηλά κυπαρίσσια.

Ποτέ μου δεν έμαθα το τέλος του παραμυθιού. Ρώτησα κόσμο και κόσμο, μα κανένας δεν ήξερε να μου πη τίποτε.

Η γιαγιά κοιμάται ακόμη κάτω από μια μαρμαρένια πλάκα, φαγωμένη από τον καιρό, κιτρινισμένη απ' τα χρόνια.

Όλα τα μνήματα τριγύρω είναι βουβά. Μα κάποια φωνούλα αντηχεί κάποτε απάνω στο κυπαρίσσι τους, κάποιο μουρμούρισμα κλαδιών τα ζωντανεύει. Το πιο βουβό μνήμα είναι το μνήμα της γιαγιάς.

Ο ΠΛΟΥΣΙΟΣ, Ο ΦΤΩΧΟΣ ΚΑΙ Ο ΦΙΛΟΣΟΦΟΣ

Στο μεγάλο δρόμο, απάνω στα σκαλοπάτια ενός μεγάρου, κάθεται ένας ζητιάνος. Δίπλα του είναι ξαπλωμένος ένας μαύρος, μαλλιαρός σκύλος. Ο σκύλος του ζητιάνου.

Ο ήλιος πυρώνει από ψηλά τον άνθρωπο και το σκύλο, απάνω στα λευκά μάρμαρα.

Ο άνθρωπος είναι ντυμένος στα κουρέλια. Το πρόσωπό του είναι χλωμό, αρρωστιάρικο και παραπονεμένο. Ο σκύλος έχει ένα γυαλιστερό, παστρικό τρίχωμα, που τον σκεπάζει ως τα ρουθούνια. Το μούτρο του είναι εύθυμο και γελαστό, και το μάτια του γυαλίζουν κάτω απ' τα πυκνά του φρύδια.

Ο ήλιος πυρώνει από ψηλά τον άνθρωπο και το σκύλο και ζητεί να τους ομορφήνη και τους δύο. Ο ζητιάνος όμως φαίνεται σαν να κρυώνη, και το φως, που τον λούζει, τον κάνει ασχημότερο. Ο σκύλος χαίρεται το φως μέσα στη γούνα του, και το μαλλί του γυαλίζει σαν μετάξι.

Απ' τη μεγάλη πόρτα του μεγάρου βγήκε μια παχουλή υπηρέτρια, με κόκκινα δροσερά μάγουλα. Έδωκε με καλωσύνη μια φέτα ψωμί κ' ένα κομμάτι κρέας στο ζητιάνο και πέταξε με περιφρόνησι ένα κόκκαλο στο σκύλο.

Ο άνθρωπος πήρε το κομμάτι το κρέας, με ντροπή, κι αναστέναξε, σαν να τούδιναν φαρμάκι. Άρχισε να μασάη χωρίς όρεξι, με συχνούς αναστεναγμούς και με κομμένα λόγια. Ο σκύλος άρπαξε το κόκκαλο με λαχτάρα, κούνησε την ουρά του, τώβαλε ανάμεσα στα μπροστινά του πόδια κι' άρχισε να το ροκανίζη μ' ευτυχία.

Ο ήλιος πύρωνε από ψηλά τον άνθρωπο και το σκύλο. Οι διαβάτες περνούσαν βιαστικοί μπροστά τους. Πού και πού κανένας έρριχνε μια πεντάρα στο δίσκο του ζητιάνου και κυττάζοντας το σκύλο, που τούφραζε το δρόμο, μουρμούριζε μέσα του: "Να χαθής, βρωμόσκυλο". Ο ζητιάνος έπαιρνε το έλεος του διαβάτη κι' όλο αναστέναζε. Ο σκύλος άκουε τις βρισιές του κι' όλο κουνούσε την ουρά του....

Ένας μάγκας, καθισμένος σταυροπόδι στο πεζοδρόμιο, κύτταζε με δυο μεγάλα γαλανά μάτια τον άνθρωπο και το σκύλο. Άξαφνα άρχισε να γελάη μοναχός του: "Για κύττα! είπε. Ένας πλούσιος κ' ένας φτωχός!..."

Ο ήλιος πύρωνε από ψηλά και τους τρεις! Τον πλούσιο, τον φτωχό και τον φιλόσοφο.

ΣΤΙΣ ΟΧΘΕΣ ΤΟΥ ΠΟΤΑΜΟΥ

Στις όχθες ενός μακρυνού ποταμού, πέρα και πέρα από τις χώρες των ανθρώπων, βασίλευε πάντα η μεγάλη και αγνώριστη χαρά—έτσι λέει ένα παλαιό παραμύθι. Το νερό αργοκίνητο, χωρίς μουρμουρητά ή παράπονα, περνούσε αφλοίσβητο ανάμεσα στις πρασινάδες. Κάτω από τον ήλιο ο Ποταμός φορούσε τα χρυσάφια του και στολιζότανε με διαμάντια και με ζαφείρια· κάτω από το φεγγάρι έβαζε τασημένια του και φορούσε τα οπάλια και τα μαργαριτάρια του· μέσα στο σκοτάδι της νύκτας ντυνότανε τα μαύρα του βελούδα, κεντημένα με χρυσά άστρα. Και πάντα εκυλούσε ο Γερο—Ποταμός με την αργή γαλήνη μιας βασιλικής ευτυχίας. Έτσι λέει ένα παλαιό παραμύθι.

Στις όχθες του ποταμού οι μεγάλες λεύκες εσάλευαν πάντα καμαρωμένες απάνω στα υπερήφανα κορμιά τους. Και όλο ψήλωναν ρουφώντας με τις ψηλές κορφές τους το πρωτόλουβο φως του ουρανού και όλο κατέβαιναν ζητώντας από τα σπλάχνα της γης τις απόκρυφες δροσιές. Τα σπάρτα τα πρόσχαρα όλο γελούσαν και όλο παιγνίδιζαν μες τις τρελλές ακτίνες κι' όλο πλουμίζονταν και καμάρωναν. Κ' οι καλαμιές λύγιζαν πάντα παιγνιδιάρες κ' ερωτικές και τώρα έσκυβαν· και καθρεφτίζοντο στα βασιλικά νερά και τώρα πάλι πεισμωμένες τίναζαν με νάζι τα κορμάκια τους και γελούσαν με τα γαργαλίσματα της αύρας. Κι' ο Γέρο—Ποταμός κυλούσε ταργοκίνητα νερά του, πέρα και πέρα από τις χώρες των ανθρώπων, με μια βασιλική ευτυχία.

Κάτω από τα γέρικα κορμιά των δένδρων καινούργια φύτρα εχαιρετούσαν κάθε άνοιξι το μεγάλον ήλιο. Και οι μαννάδες τους έσκυβαν στοργικά και τους εμουρμούριζαν το παλαιό τραγούδι της ευτυχίας. Μα ένα καινούργιο φύτρο—λέει το παραμύθι—έσκασε ένα δειλινό και πρόβαλε ανάμεσα από τη μαλακή χλόη. Ήταν μια μικρούλα λεύκα που δεν έμοιαζε με τις άλλες. Και όταν μεγάλωσε κ' εψήλωσε, μονάχη της ξεχωριστή σ' ένα ψήλωμα της ρεματιάς, οι άλλες λεύκες και τα σπάρτα και οι καλαμιές και τα χαμολούλουδα την κύτταξαν παράξενα. Γιατί η καινούργια λεύκα δεν έμοιαζε με τα άλλα δένδρα, δεν είχε τα σημάδια των αδερφών της, ούτε στο κορμί της το παράξενο, ούτε στο αγκάλιασμα των κλαδιών της, ούτε στο σάλεμα των ψηλών κλώνων, όταν οι αγαπημένοι άνεμοι πετούσαν τρελλοί να χαιρετήσουν το Γέρο—Ποταμό με τα ευτυχισμένα τα παιδιά του.

Η καινούργια λεύκα ήταν ένα δένδρο που αγαπούσε να παίρνη ανθρώπινες μορφές. Το κορμί της λιγνό και λυγερό σάλευε με ανθρώπινα κινήματα και τα κλαδιά της άπλωναν στον αέρα σα δυο χέρια που ζητούσαν ν' αγκαλιάσουν τις σιωπηλές σκιές που ανέβαιναν από τα αργοκίνητα νερά. Η κορυφή της, καθώς εφούντωνε απάνω από το γυμνό κορμί της, έγερνε σαν κεφάλι γυναίκας με μεγάλα ξέπλεκα μαλλιά και όλο έσκυβε λυπητερά κατά την γη και όλο ψήλωνε απελπιστικά προς τον ουρανό. Και όταν φυσούσε ο δυνατός βορηάς, η λεύκα βογγούσε με ανθρώπινο βογγητό· και όταν έπαιρνε η δυνατή νοτιά, από μέσα από τα κλαδιά της έβγαιναν ανθρώπινα αναφυλλητά· και όταν έπεφτε το σκοτάδι και τα άλλα δένδρα έγερναν το ένα στην αγκαλιά του άλλου, αυτή μονάχη και ξεχωριστή εφάνταζε σαν ψηλό φάντασμα, άγρυπνο και καταραμένο, χωρίς ύπνο, που άπλωνε πάντα και όλο άπλωνε δυο μεγάλα χέρια ν' αγκαλιάση τις φοβισμένες σκιές που έφευγαν κ' εγλυστρούσαν απάνω στα νερά του ποταμού.

Από τότε που η λεύκα με την ανθρώπινη ψυχή εφύτρωσε μονάχη και ξεχωριστή σ' ένα ψήλωμα της ρεματιάς, από τότε—λέει το παλαιό παραμύθι—η χαρά χάθηκε από τις όχθες του ποταμού. Τα δένδρα μαράζωσαν γύρω της, από ένα πόνον που δεν τον είχανε γνωρίσει ποτέ τους. Οι άλλες λεύκες τίναζαν τα ξερά και μαραμένα φύλλα τους σαν δάκρυα μέσα στο ήσυχο το ρέμα· τα σπάρτα ξέχασαν τα χαρωπά παιγνιδίσματα με τις χρυσές ακτίνες και μόνο ταγκαθωτά φύλλα τους έτριζαν λυπητερά με τις άγριες πνοές· οι καλαμιές, σαν γερόντισσες ξερακιανές, τρέκλιζαν με τις αύρες που τους ζητούσαν ερωτικά παιγνίδια, γαργαλίζοντας τα χλωμά και στεγνωμένα φύλλα τους. Μόνο η λεύκα, που έπαιρνε ανθρώπινες μορφές, βασίλευε σαν φάντασμα απάνω από τις πένθιμες όχθες. Και όλο κινούσε δυο μεγάλα χέρια ν' αγκαλιάση τις φοβισμένες σκιές που γλυστρούσαν απάνω στα νερά και όλο σήκωνε το απελπισμένο κεφάλι προς τον ουρανό. Ταργοκίνητα νερά διάβαιναν σιωπηλά κάτω από τη θλίψη των δένδρων· ο Γέρο—Ποταμός φούσκωνε τα νερά του από μιαν απόκρυφη θλίψη. Τα νερά του έτρεχαν τώρα φαρμακωμένα και μάραιναν τα νέα φύτρα και μονάχα οι ρίζες της παράξενης λεύκας ρουφούσαν αχόρταγα το φαρμακωμένο νερό και απάνω από τις θλιμμένες όχθες δυο μεγάλα απελπισμένα χέρια σάλευαν, γυρεύοντας ν' αγκαλιάσουν τις τρομαγμένες σκιές.

ΤΕΛΟΣ

Made in the USA
Middletown, DE
07 September 2021

47775935R00046